Christiane Singer

La Mort viennoise

CHRISTIANE SINGER

La Mort viennoise

roman

Albin Michel

Il a été tiré de cet ouvrage
quinze exemplaires sur vélin blanc supérieur
des Papeteries de la gorge de Domène
dont dix numérotés de 1 à 10
et cinq, hors commerce, numérotés de I à V

22, rue Huyghens, 75014 Paris

ISBN 2-226-00676-1

Chapitre Un

UN PENDU

Quand Johannes poussa la porte de la remise, il se heurta la tête à une chose molle qui pendait. Il la repoussa de la main dans l'obscurité ; elle revint chaude et ferme lui cogner le front.

— Un chevreuil, pensa-t-il.

Souvent Wenzel, le vieux palefrenier, venait là accrocher aux poutres des pièces de gibier qui remplissaient l'air de leur moiteur fade.

Johannes recula d'un pas — et comme ses yeux commençaient d'y voir dans le noir, il distingua le corps doucement oscillant d'un homme. Une chausse déchirée, à hauteur de ses yeux, bâillait sur la cheville nue.

— Wenzel ! balbutia le garçon.

Il recula d'un bond jusqu'à la porte. Ses jambes se prirent brusquement à courir ; il entendait sur le pavé de la cour le martèlement d'une cavalcade. Ses pieds bondissaient comme des chevaux fous et l'entraînaient. Au milieu de la cour, l'élan cassa. Johannes se tenait maintenant immobile, fiché en terre comme un pieu. Les invisibles courroies qui sanglent les membres au corps s'étaient rompues. Toute sensation refluait dans un noyau brûlant sous le sternum où se porta sa main. Il suffoquait — un hurlement lui distendit violemment la mâchoire et fusa. Sa véhémence était telle qu'il fendit la nuit d'une raie rouge. L'air froid circula soudain dans son corps éventré par le cri.

De toutes parts, des battants de volet heurtaient les murs. Portes et fenêtres s'ouvrirent. Des torches s'élançaient maintenant vers lui sous d'invisibles porteurs. L'immense cour chancelait dans le tangage des lumières — et l'ombre des hauts pans de mur s'affolait au sol comme des ailes.

On distinguait les silhouettes : une fille de chambre rajustant son caraco, un soudard s'essuyant la bouche à sa manche. Des garçons d'écurie accouraient à toutes jambes, tête en proue. De multiples visages d'un blanc de craie flottaient à sa rencontre au-dessus de corps mangés d'ombre. Des exclamations percèrent la rumeur.

— C'est le jeune maître ! Le jeune maître !

Et une femme, les bras en avant, mains ouvertes, s'abattit à ses pieds.

— Jésus Marie, Jésus Marie, qu'est-il arrivé ! criait-elle en tenant ses genoux embrassés. Une autre qui claquait des mâchoires lui jeta sa houppelande sur les épaules et resta là, hagarde dans la voilure grise de ses cheveux tombants.

Il sentit venir avec le picotement des larmes, la délivrance du malheur partagé.

— Wenzel s'est pendu, dit-il.

En un instant s'éleva et enfla un motet horrifié où déraillaient les pizzicati d'une vieille. La même phrase desserrait toutes les dents, balbutiée, gémie, glapie. Le chœur sourd des nouveaux arrivants la reprit — et derrière les grilles d'enceinte, attirée par les torches comme des phalènes, se devinait la troupe houleuse des mendiants.

Un jeune garçon dont la hardiesse glaça les plus vieux avait couru à la remise que Johannes désignait du doigt et tranché la corde du pendu. Un autre l'aida à hisser le mort sur un chariot — et ils arrivaient maintenant au petit trot le poussant devant eux. Une main balayait le sol, rebondissant sur la pierraille. La tête renversée, à demi pendante, livrait dans le tremblement des torches la béance vertigineuse de sa bouche ouverte.

Tous reculèrent.

Il gisait là « le fou », « le luthérien », celui que l'inclination du jeune maître auréolait d'un prestige trouble (toquades d'enfants et de déments ne sauvent personne), il gisait là au terme de la longue marche qui lui avait fait fuir quelque vingt-cinq ans plus tôt son village et les persécutions des mandataires de Ferdinand III et trouvé refuge dans les écuries princières des Lichtenburg. Et voilà qu'après tous les blasphèmes, les cris d'indignation que le vin ou la complaisance d'un compère lui avaient fait vomir, il commettait le sacrilège final : voler aux maîtres ce qui leur appartenait de droit divin — un corps encore solide et vaillant.

Dans le halo fou des torches, certains voyaient les anges vengeurs de Dieu le piétiner férocement de leurs mules brodées d'étoiles. On se signait, et les femmes bandaient précipitamment d'un bout de harde les yeux écarquillés des enfants. La pitié, et la monstrueuse complicité qu'elle leur créait avec le mort, les tenaient tous écartelés.

Un carillon jeta sa brusque grêle dans le silence : on sonnait le dîner au palais.

Johannes s'éloigna en titubant. Il traversa l'arrière-cour des communs, gagna par un porche obscur un escalier de service.

La troupe bleue et or des laquais qui montaient en courant, le front en avant pour maintenir en place leur perruque, le bouscula. On entendait à l'étage supérieur les anxieuses réprimandes du majordome.

Johannes se mouilla les doigts et le visage au creux d'une cuvette de faïence. L'eau froide lui brûlait les yeux.

Il gravit avec précipitation les dernières marches et se faufila dans la salle à manger par une entrée inhabituelle.

Tous étaient déjà assis.

Ce soir, comme souvent pour les dîners intimes, seul le long rectangle de la table était illuminé de douze chandeliers. Et cette nef éclatante, éclose de l'ombre, voguait à la rencontre des miroirs. Les visages poudrés des convives se détachaient sur l'auréole oblongue des dossiers. Et, au-dessus des sièges, dans la zone où déjà commençait l'ombre, se devinait, comme ces bulles prises dans la résine durcie d'une ambre, la physionomie grave des laquais.

Johannes se glissa à sa place — entre son précepteur et sa cousine Alexandra qui coula vers lui, sans bouger la tête, un regard malicieux.

— D'où sortez-vous ? lui murmura-t-elle sans que ses lèvres aient paru bouger. La technique, qu'elle avait mise au point pour parler à son voisin sans que sa tutrice, en face d'elle, n'en remarquât rien, avait atteint au cours des années une véritable perfection.

Il ne répondit pas.

Il remontait lentement des yeux la tablée, dévisageant l'un après l'autre les convives sans les reconnaître. Des bouches saumon dessinées au pinceau s'entrouvraient sur l'éclair gelé des dents et lâchaient par petites giclées des phrases blanches. Par-ci par-là, au-dessus d'un jabot de dentelle, pointait l'ergot menaçant d'une pomme d'Adam qu'agitait la déglutition. Une vieille main, lourdement baguée, soulevait avec lenteur un verre — et les doigts osseux qu'ensanglantaient les rubis paraissaient s'être évadés du reliquaire de saint Eustache.

Au creux de vastes orbites, une eau dormante et grise l'hypnotisa. Il ne distinguait pas la pointe noire que les pupilles braquaient sur lui.

Comme un dormeur effaré de trouver dans son lit un corps désarticulé qu'il n'identifie pas tout d'abord avec le sien propre, Johannes ne reconnut sa mère qu'après un long malaise.

Peu à peu descendait sur tous les visages présents le voile opaque de la vision distraite et familière qu'il avait d'eux depuis toujours. En les perdant de vue un à un, il les reconnaissait. L'angoisse qu'ils lui avaient causée cessait.

Les consommés avaient été desservis depuis un long moment déjà — et des mains gantées, prestes, emportaient même les pâtés de gibier entamés et les restes frémissants de gelée des grands jambons cuits. Les faisans tout hérissés de plumes faisaient maintenant leur entrée, balançant la longue gerbe de leurs queues. Des chapons tout ronds leur prêtaient escorte. De petites pyramides d'os rongés qu'on escamota tout aussitôt firent place à un chevreuil entier dont la tête et les bois étaient intacts.

Le maître de céans désigna en souriant son cousin, le comte de Zinzendorf à la tâche honorifique du découpage. Celui-ci, prompt à s'exécuter, offrit à l'admiration de tous sa maestria désinvolte dans le maniement du coutelas. Seul un imperceptible frémissement de ses narines trahissait ce sensuel contentement qu'il éprouvait à trancher. Le fumet, jusqu'alors captif, répandit son envoûtement.

Un jeune cousin de seize ans, Mathias, dévorait des yeux cette eau-forte animée et vigoureuse, digne d'illustrer le manuel des convenances de Trincier dont les préceptes exigeants l'obsédaient : « La fonction de découper compte parmi les plus nobles ; celui qui l'assume doit lui-même être noble, droit, bien proportionné, doté de bras droits et solides, de mains légères. Il évitera pendant le découpage les gestes exagérés et les cérémonies superflues ou insensées, s'armera de sang-froid car il se couvrirait de honte s'il tremblait du corps et des mains. »

Quelques beaux morceaux s'élevaient déjà vers les mâchoires entrouvertes, entre des doigts hardis qui ne tremblaient point. Le comte de Zinzendorf regagna sa place et retrouva avec plaisir le perdreau intact dont son office l'avait séparé.

— Ces perdreaux, dit-il en riant à sa voisine Milena, sans néanmoins déshonorer personne, ne valent pas ceux qu'on sert à la cour du prince de Hesse et qui, exclusivement nourris de petites couleuvres, ont une chair fondante qu'on n'oublie pas.

— Les perdreaux de votre prince me retournent l'estomac.

— Imaginez plutôt le monticule grouillant de gros vers blancs de la plus commune espèce que ceux-là ont absorbés au cours de leur vie !

— Et dont les descendants vous mangeront le corps un jour.

— A moins qu'ils ne préfèrent la chair délicate du vôtre — et Dieu sait si je les comprends !

— Voilà bien la galanterie viennoise de notre triste époque !

— Triste ? Pourquoi triste ? s'écria le maître de céans que ce dialogue entre sa sœur et son cousin égayait. Je ne vous laisserai pas traiter aussi mal la seule époque qui m'aura connu vivant, la seule qui se soit offerte à l'appétit furieux qu'avait mon âme de s'incarner...

— Ah ! le désarroi de votre âme sans les attributs de la virilité, comme je l'imagine !

— Charmé d'un tel hommage, ma sœur, dit le prince de Lichtenburg en riant. Et il porta sa main à l'ordre de la Toison d'or qui ornait son pourpoint. Le comte de Zinzendorf éclata de rire à ce geste dont il était seul ici à connaître la clef.

La princesse Eléonore promenait sur les parleurs un de ces regards lents et tristes dont sa belle-mère comparait l'effet à celui de compresses froides.

— Et dussent-ils venir, ces temps meilleurs, poursuivait son époux dans une animation joyeuse, où les chapons et les femmes seront plus tendres et les hommes moins carnassiers — ce dont, soit dit en passant, je doute —, ni vous ni moi n'y serons plus ! En voyez-vous encore l'utilité ? Les fêtes dont on se trouve exclu sont des fêtes funèbres, je vous le dis.

A ces derniers mots, son regard se perdit. Le souvenir le frôlait de sa prime jeunesse confinée dans les hivers interminables de la Basse-Autriche où la fidélité folle de son père à la foi d'Augsbourg avait condamné sa famille, manquant les faire dépérir tous dans un cul-de-sac de l'Histoire. Elles furent nombreuses, les Maisons que leur obstination effaça de la carte du pouvoir. Aux Polheim, aux Roggendorf, aux Buchheim, aux Gilleis, aux Landau, aux Eitzing, à bien d'autres encore, se substituèrent les noms clinquants des Italiens, des Espagnols, des Wallons que le raz de marée du catholicisme triomphant déposa sur le pavé de la ville. Les Hoyos, les Collalto, les Concini, les Portia, les Montecuccoli, les Colloredo, les Piccolomini, les Salamanca envahirent Vienne de leur morgue.

Un œil distrait peut, dans l'immuable domination d'une classe sur toutes les autres, ne pas remarquer de combien de fluctuations, de déplacements de forces est faite sa permanence : colossale statue creuse érigée sur une trappe où se succèdent, dans une permanente dévoration, les générations et les noms.

Oui, il avait manqué de peu, lui, Balthasar de Lichtenburg, de voir basculer sa lignée dans l'enfer de l'insignifiance, d'être écarté à tout jamais des festins du pouvoir. Il gardait en horreur l'obstination luciférienne de son père défunt.

Léopold Ier s'était bien gardé de punir les fils, reconvertis et dûment élevés dans les pépinières jésuites, des défaillances de leurs pères. Leur reconnaissance, qui restait altière, ne faisait-elle pas des Stahremberg, des Auersperg ou des Lichtenburg, une solide garde de l'absolutisme habsbourgeois ?

Milena s'obstinait :

— Vous déformez ma pensée et vous le savez. Lorsque je dis « triste époque », je sais à quoi m'en tenir. Qui ose encore sortir la nuit dans Vienne sans craindre de se faire dévaliser et poignarder ? Demandez au comte Khevenhüller ce qu'il pense de votre optimisme, lui qui ne dut son salut qu'à son cocher et à son valet de pied qui prêtèrent, comme il se doit, leurs corps aux coups de dague que vingt gredins lui destinaient. Osez donc répéter votre joyeuse profession de foi devant le comte de Jörger qui vit de ses propres yeux son fils aîné se vider de son sang sur le parvis de l'église Saint-Michel ! Je vous épargne d'autres exemples qui troubleraient peut-être l'appétit de plus sensibles que vous. Le fait est que la canaille pullule — Abraham a Sancta Clara l'a bien dit dimanche dernier dans son sermon : « Pour lapider tous les voleurs, c'est Vienne tout entière qu'il faudrait dépaver — et même s'il pleuvait des cordes pendant trois jours et trois nuits, il n'y en aurait jamais assez pour tous les pendre. » Décidément mon frère, une époque où les petites gens ont désappris la résignation est une triste époque. La convoitise est partout. Le plus misérable gueux veut du lard sur son croûton de pain. Il n'y a plus guère que ceux de notre rang qui s'accommodent de la place où Dieu les a fait naître. Mais leur exemple n'est plus suivi.

On servait maintenant le petit gibier à plume : grives, bécasses, alouettes qui, avant l'arrivée des truites et des saumons, amusaient la dent sans décourager l'appétit.

— Je sais me résigner, dit finement le comte de Zinzendorf, à savourer ces petits oiseaux, et je vous conseille, ma chère Milena, de donner à tous un aussi édifiant exemple de votre soumission au destin.

— Vos plaisanteries incongrues me font horreur ! gémit Milena — et se tournant avec irritation vers sa belle-sœur : — Pourquoi ne m'apportez-vous jamais, contre eux, votre soutien ? Elle ne s'attira qu'une évasive réponse :

— Vous savez fort bien que je ne prends le parti de personne.

Le prince s'empressa de couper court :

— Eléonore est une philosophe (il s'accommodait à merveille de l'immuable silence de sa femme et n'appréciait pas de le voir rompu). Mais, si vous voulez mon avis, je vous le donne bien volontiers : je préfère mourir de la dague d'un fripon que du stylet d'un médecin de cour.

— Votre avis, répliqua Milena avec aigreur, je l'entends — mais la Mort, elle, s'en passera fort bien ! De plus impertinents que vous grinceront des dents. Le passage de la comète dans le ciel de Vienne en avril dernier a rempli de terreur ceux qui craignent encore la colère de Dieu.

L'étonnant trompe-l'œil qu'avait réussi la Casa d'Austria en rendant ses intérêts propres indiscernables de ceux de la catholicité tout entière n'avait pas d'admirateur plus réjoui que Balthasar de Lichtenburg. L'art de transformer ses ennemis politiques en ennemis de Dieu et d'obtenir le puissant soutien de l'Eglise — l'octroi par le pape du tiers des revenus des richissismes couvents du royaume pour la lutte contre le Turc n'en constituant qu'une des multiples facettes — éblouissait en lui le stratège. Mais rien ne l'excédait davantage que de voir des fables, destinées à la mise au pas de la canaille, colportées dans sa propre maison.

Sa fréquentation, quelque vingt-cinq ans plus tôt, du savant capucin Valerian Magni avait donné à sa vision du monde un vernis scientifique que le temps écaillait peu à peu — son tempérament ne le portait guère à approfondir un savoir — mais qui lui permettait du moins de situer le phénomène des comètes dans l'ordre du naturel. N'avait-il pas été de ceux qui rendirent visite en prison au malheureux capucin quand l'ire des jésuites l'eut livré à l'Inquisition, marquant ainsi la désapprobation du grand seigneur devant un zèle imbécile qui le privait de son meilleur jouet ? Il ne parvenait guère, dans sa candeur hautaine, à voir l'incidence que les révélations de la science pouvaient avoir sur les stricts impératifs de la hiérarchie sociale. La science pouvait bien renverser les perspectives et faire graviter la terre autour du soleil, le soleil n'en continuait pas moins à dessiner son arc tranquille autour d'une terre immobile. La réalité, telle que le commun des mortels la percevait, n'en était pas modifiée d'un iota. Qu'y avait-il à craindre de ces prodigieuses mécaniques qui n'émerveillaient que l'élite ?

Et pourtant, sans que le prince s'en avisât, l'ellipse de la trajectoire du soleil, telle que Kepler l'avait calculée, était déjà descendue sur la terre et planait à cent pieds du sol à la coupole des églises. La crise du XVIe siècle qui avait scindé en deux le nucleo sacré de la foi ne trouvait-elle pas dans les deux centres géométriques que l'ellipse substituait dans les coupoles au centre unique du cercle mystique un ironique et coupable reflet ? Etaient-ils désormais si loin, les temps où le cercle parfait de l'orthodoxie absolutiste s'étirait jusque dans les consciences plébéiennes et ferait exploser son centre divin ?

Le prince se contenta de répliquer à sa sœur avec une pointe d'agacement :

— Je savais bien que la peur du loup-garou constituait une excellente panacée contre l'indiscipline des enfants, mais j'ignorais que votre confesseur utilisât les mêmes méthodes pour calmer le tempérament des jolies femmes.

La vieille princesse, qui s'était tue jusqu'alors, agita vigoureusement ses bracelets pour marquer sa désapprobation et lança d'une voix grinçante :

— L'Empereur s'est signé en entendant la nouvelle du passage de la comète. Le prince Lobkowitz, présent, me l'a rapporté.

— L'Empereur, ma mère, se signe souvent, répondit-il d'un ton neutre en baissant imperceptiblement la voix.

Elle le harponna du regard et ses lèvres se froncèrent comme une bourse dont une main invisible eût tiré la cordelette :

— Prenez garde, mon fils, à ne pas succomber à votre orgueil.

Il tendit la main vers elle avec cette grâce juvénile qui, dans l'embonpoint de sa quarantaine, charmait encore, et lui tapota doucement le bras.

— Nous ne sommes pas à la cour de Louis de France, ma mère. Ici les valets sont des valets — et les princes ne leur disputent pas encore, que je sache, l'honneur d'enfiler sa chemise à l'Empereur ! Je peux parler librement, soyez-en sûre.

A l'instant où il disait ces mots, le majordome pencha vers lui la masse considérable de sa tête perruquée et lui glissa à l'oreille un message si bien entortillé dans les bandelettes de la déférence que le prince impatient n'en saisit rien.

— Qui ça ? Comment ?

Puis soudain furieux :

— Ah ! sacrebleu ! Où ces gens-là prennent-ils le droit de se pendre ?

Et, tiraillant excédé la pointe de sa moustache, il ordonna sèchement :

— Qu'on le jette encore de nuit hors des murs de la ville ! Je ne veux pas d'ennui avec la Congrégation. Ah ! sacrebleu !

Du même geste dont il écartait les mouches à la saison chaude, il signifia au majordome de s'éloigner.

Une discrète agitation parcourait la tablée et rapprochait les têtes.

— Une bien jolie époque à la vérité, mon frère, dit en frissonnant Milena dont l'oreille était fine. Et elle voyait surgir de la béance des miroirs, au fond de la salle, toute une armée de ces féroces Kuruks hongrois qui tournaient, racontait-on, leurs fourches contre les armées impériales.

— Qui ça ?

— Comment ?

— Un palefrenier.

— Un grand qui pue le vin ?

— Qui puait le vin, corrigea une voix ironique.

— Pendu ? Diable !

Un brouhaha s'élevait, troué de ah ! et de oh !

— Qui ça ? gémit une vieille tante que la ruine de son époux et un début de surdité avaient reléguée en bout de table.

— Un palefrenier — un grand gaillard.

Elle fronçait les sourcils, s'efforçant de dégager de la grande masse grise des gens de service un visage qui eût pu être celui-là, mais ne parvenant pas à en trouver un seul dans sa mémoire qui se fût distingué des autres.

— Vous voyez qui cela peut être, vous ?

Mais son voisin, l'abbé précepteur, ouvrait des yeux ronds que l'effort rendait niais.

— La semaine dernière au Graben, marmonna-t-il, un apprenti maçon qui devait être roué vif s'est — couic — étranglé d'un lacet avant même que le curé eût dit amen. On n'avait jamais vu ça — devant tout le monde comme ça — couic — sans que personne ait pu intervenir.

Un haut-le-cœur souleva la gorgerette de la tante tandis que s'élevait la voix fraîche d'Alexandra :

— Bah, puisqu'il devait mourir de toute façon !

— Cette enfant me désolera toujours ! cingla en retour sa tutrice excédée. Mais la curiosité la retint de faire taire la fillette qui ajoutait :

— D'abord, je le connaissais. Wenzel qu'il s'appelait. Il venait de Basse-Autriche, il boitait. Et puis, c'était l'ami de Johannes.

A l'instant où il entendit son nom et où les regards sans bienveillance se braquaient sur lui, Johannes, qui depuis un moment déjà luttait contre la nausée, fut soulevé de son siège par un violent soubresaut. Un jet de vomi lui gicla de la bouche, cinglant la nappe de sa lanière brunâtre, mouchetant tout à l'entour.

A demi dressé, cramponné des deux mains au bord de la table, il tentait de retenir sa tête que le tangage nauséeux balançait d'avant en arrière et, dans le silence crissant, montaient en lui par saccades des appels à l'aide que couvrait la cataracte du sang à ses oreilles.

Son regard se brouilla.

Un maléfice avait vidé la pièce, livré l'espace aux flammes qui s'élançaient des chandeliers, envahissant tout de leurs folles aigrettes et grimpant, comme un lierre furieux, à l'assaut des statues attablées.

Mais à l'instant où ses jambes se dérobent, une porte s'ouvre à toute volée, une vieille femme entre dans ses vêtements noirs, déchire de son élan fervent l'espace qui la sépare de lui et le reçoit dans ses bras.

— C'est toi Rési... balbutie Johannes.

Elle l'étaie de son corps dans un enlacement fiévreux et le maintient debout, fondu à elle, le visage noyé dans son cou.

A un laquais planté à deux pas d'elle, elle jappe, furieuse :

— Qu'est-ce que tu attends pour m'aider, fils de Turc, fils de loup ! Avez-vous tous désappris les gestes de l'humain ?

Il grommelle qu'il lui coupera la langue mais s'exécute et soulève l'enfant par les aisselles. Cassée en deux, elle porte les jambes.

L'obscurité happe leur lent cortège.

Derrière eux s'élève le brouhaha des dialogues renoués.

Les mains si familières à son corps le dévêtent maintenant, le raniment de leurs frôlements multiples.

Un sourire hésitant lui monte aux yeux.

— Rési, pourquoi as-tu des mains et les autres, non ?

— Ils en ont, petit, mais ne le savent pas.

— Rési, les pattes d'araignée autour de tes yeux se mettent en marche quand tu souris.

Et dans un brusque élan de désespoir, s'emparant de son bras :

— Tu les as entendus ? Ils vont jeter Wenzel aux loups et aux vautours.

Elle lui caresse le front et lui dit tout bas, appuyant ses yeux clairs, grands ouverts dans les siens.

— Johannes, dors. Ne crains rien pour lui. Aucune griffe et aucune dent ne peuvent plus l'atteindre. Hors de la ville et en pleine nuit, il est plus en sécurité qu'il ne l'était au milieu de nous. Les vrais vautours et les vrais loups sont aux trousses des vivants — pas des morts. Les morts ne les intéressent plus. Qu'en feraient-ils ? Les morts sont sourds : ils n'entendent plus les ordres. Les morts sont aveugles : ils ne font plus la différence entre un seigneur et un manant. Les morts sont muets : ils ne reprennent plus en chœur les hosannas. Les morts sont morts : on ne peut même plus les tuer. Ne crains rien pour lui Johannes, dors, dors...

Chapitre Deux

UN CHANTIER

Balthasar de Lichtenburg avait écarté d'une main le rideau et contemplait, de son carrosse arrêté, un gigantesque chantier de construction, grouillant d'ouvriers, au coin de la Herrengasse et de la Strauchgasse. C'était le futur palais Abensberg-Traun. Au picotement dans sa poitrine qui, par le gras du bras, remontait jusqu'à ses doigts, il reconnut sa vieille exaltation toujours fidèle au rendez-vous des pierres.

— Bougre ! s'exclama-t-il.

Il se mit à la portière — et de ses narines dilatées huma la terre à vif entre les pavés. L'âcre fraîcheur de ces fentes vulvaires que sont les chantiers au corps des villes lui montait à la tête.

Deux jeunes garçons passèrent, tête baissée, le ventre cassé sur la barre transversale d'un timon, entraînant dans un trot obstiné un charreton croulant de pierres. Le fracas des roues arracha Balthasar à sa délectation et lui fit porter ses mains à ses oreilles avec une grimace de douleur. Il surmonta vite son irritation. Il supportait mieux que d'autres cette gestation un peu repoussante qui sépare le désir de son aboutissement. Cette foule haillonneuse et bruyante d'artisans qui s'interféraient bon gré mal gré entre le rêve d'un palais et son achèvement n'avait-elle pas son équivalence biologique dans ces sacs geignants de lymphe et de sang que le sort interpose, dans la personne des mères, entre les hommes et leurs héritiers ? Il caressa distraitement d'un doigt le tour de dentelle de son gant et s'abîma à nouveau dans sa contemplation.

Les plans qu'il s'était fait montrer l'autre soir lui revenaient en mémoire et superposaient au réel leur tremblant mirage. Au loin, dans la vapeur qui montait des fosses où l'on éteignait la chaux vive, il crut distinguer l'intrépide giclée des murs. Et dans une déchirure de l'espace, un vaste escalier égrena l'arpège impérieux de ses marches. Le sang lui cogna aux tempes. Une fièvre heureuse l'envahissait. Dans le rideau de poussière opaque que soulevait tout près de lui le ciseau des tailleurs de pierre lui apparut la façade. A l'endroit même où un mois plus tôt s'entre-épaulaient encore une douzaine de maisons bancales, se dressait maintenant une falaise. Et la lame furieuse de ses rêves s'y élançait. Un jour aussi il construirait un nouveau palais. Cette ivresse, il fallait la retrouver coûte que coûte. La vie était à ce prix — et le grondement du sang dans les artères. Construire !

L'enfilade des fenêtres, sous la mitre hautaine des frontons, étirait l'espace — et les battements du cœur de Balthasar scandaient le rythme des pilastres ; désormais leur garde-à-vous pétrifié assurait l'ordre dans la ville.

— Ah ! ce Lichtenburg, toujours voyeur !

Une voix insolente et rieuse l'arracha à son rêve. Ariprand de Montecuccoli, venu en voisin de la Schenkengasse, bondit de son palanquin* et tout en menaçant du poing les deux porteurs qui, entraînés par leur élan, avaient manqué le faire chavirer, il tira délicatement de sa main vacante le lobe de l'oreille de Balthasar.

— Coquin !

Ils se donnèrent l'accolade en riant.

— Croyez-vous valoir mieux que moi ? Votre palais est à peine terminé à deux pas d'ici que vous vous aventurez déjà dans le voisinage !

— La bénédiction nuptiale n'a jamais rendu un homme aveugle. Un nez fripon dans le cortège et c'en est fait... non ? Dites-moi plutôt ce qui, selon vous, provoque à notre époque une pareille avalanche de pierre.

Les yeux de Balthasar s'allumèrent.

— L'envie de foutre, dit-il — et il montrait d'un geste ample le palais que son imagination avait dressé.

Montecuccoli éclata de rire.

— Belle érection en vérité ! Je vois des gra-

* Nous nous sommes permis d'introduire la chaise à porteurs à Vienne dix ans plus tôt que ne le veut l'Histoire — au grand dam des porteurs et à la satisfaction des usagers.

vats, des monceaux de pierres et un grouillement de manants. Non, non — ma réponse à moi est tout autre, c'est : la mort. Quand une époque a compris qu'il y a la mort, elle construit.

— L'Empereur, Abraham a Sancta Clara, ma sœur, vous, les autres, vous n'avez tous que ce mot *mort* à la bouche. Avec la poudre de cantharide, c'est le dernier aphrodisiaque en vogue !

— N'en plaisantez pas, reprit Montecuccoli. Il n'y a guère que le sentiment de la mort qui puisse inculquer la grandeur à un peuple et canaliser les richesses d'un pays vers ses seuls édifices. Pour apprendre le renoncement à la canaille avide de jouir et de satisfaire ses désirs dans l'immédiat, l'Eglise et l'armée font tant bien que mal leur devoir. Mais dans nos cœurs à nous, ce qu'il faut attiser, c'est la fureur de survivre, le mépris de ce qui n'est que la vie. La vie m'est toujours apparue comme un grouillement abject, une exsudation fétide. Quand la vie a le pas sur la mort, c'en est fait d'une civilisation. L'argent circule, le commerce fleurit, les bourses et les bedaines s'arrondissent — voyez la Suisse, voyez la Hollande. Joli spectacle en vérité ! Les seuls à y gagner sont les vers : les cadavres qu'on leur livre sont plus gras.

— Ventre-Saint-Gris, s'écria Balthasar, les vers, toujours les vers... Quels poètes vous faites !

— De tout ce qui a été restent les pierres. Qui peut prétendre le contraire ? L'infect entassement d'ordures, de cadavres et d'excréments dans les fosses à ciel ouvert autour de la Rome impériale n'incommodent pas mes narines. Les crève-la-faim dont Crassus extorquait de faramineux loyers et qui s'entassaient dans les baraquements de l'Insula ne gênent pas ma vue. Et l'écolier qui peine sur un génitif s'inquiète-t-il encore des plaintes hargneuses que pousse Petronius Aliter dans le *Satyricon ?* Le passé n'a pas d'odeur — sang et sueur s'évaporent. Restent les pierres, restent les murs que le rêve altier de quelques-uns dressa contre le vide. C'est la leçon qui me hante.

— Tout doux, tout doux, gémit Balthasar ; nous ne sommes pas ainsi à Vienne. Vous autres, Espagnols, êtes toujours en train de sonner la charge contre un ennemi imaginaire ! Ne vous étonnez pas, après cela, que les Viennois aient une dent contre vous. Ne disent-ils pas de quelque chose qui les inquiète : « es kommt mir spanisch vor* » ? C'est un peuple doux, inapte à se rebeller, et qui offre à n'importe quel maître son flanc souple. A quoi bon des éperons puisqu'on tire de lui, en lui flattant le col, tout ce qu'on veut. Nous voulons bâtir ? Soit, ils bâtiront avec nous. Nous voulons du faste, c'est bien, ils ne demandent qu'à lever les yeux, qu'à s'ébahir !

* Ça m'a l'air espagnol.

— Allons donc ! Un rien leur fait lever le nez ! L'esprit de Vienne est étriqué comme la ville. La Hofburg n'est décidément pas l'Escurial, ni le Graben la place Saint-Pierre de Rome ! Je ne compte pas les coins, les recoins, les tournants de cette ville construite pour faciliter aux ivrognes le chemin du retour après la taverne. Montrez-moi une seule perspective, une seule avenue grandiose où faire défiler les troupes et les processions, où déployer faste et pouvoir ? Le désordre organique de la vie doit céder le pas devant la géométrie du pouvoir. La règle et le compas sont des armes aussi efficaces pour l'ordre que le mousquet et l'arquebuse. Heinrich Wilhelm de Stahremberg veut faire abattre les maisons qui, comme il le dit, « déforment l'*aspectum publicum* et offrent un *spectaculum* honteux », c'est bien — ce n'est pas suffisant. Qui songe seulement à entailler de vastes artères, à faire rayonner de ce centre qu'est la résidence impériale un faisceau de voies triomphales — bref à faire de la cité ce qu'elle doit être : la forme *visible* de l'ordre que nous portons en nous ?

— Mais, sacrebleu, c'est le Turc qui nous tient dans nos murs ! Attendez seulement que le Croissant soit vaincu, que Vienne cesse d'être le rempart de la chrétienté contre la barbarie ottomane et...

— Prenez garde que les murs qui bornent la ville ne soient déjà à l'intérieur de vous-mêmes et qu'aucun bélier ne puisse plus les abattre !

— Ariprand, je vois aussi grand que vous. La seule différence entre nous, c'est que même la vie me plaît.

— Voyons, je ne demande pas l'impossible. Je ne veux pas d'une ville déserte, je consens qu'on y vive. Je ne suis pas de ces Aztèques, dont parle notre franciscain Bernardino de Saraghun, qui édifiaient de colossales pyramides et déplaçaient des montagnes de pierre dans le seul but d'égorger leurs victimes cent pieds plus haut.

— Après tout, l'interrompit Balthasar narquois, nous édifions bien nos églises, nous aussi, pour y célébrer un sacrifice millénaire.

— Ah ! votre sourire me navre ! Si je ne vous connaissais pas, je...

Balthasar lui saisit malicieusement le bras :

— Vous ne dédaigneriez pas de m'empaler tout vif aux tournebroches de l'Inquisition ! Ah, cher ami, laissez-moi plutôt vous dire ce dont je rêve. Au lieu du feu des bûchers, allumons ensemble un brasier d'or et de pourpre. Au lieu de potences, continuons de dresser sur nos places des églises et des palais ! Au lieu de la torture, inventons l'art qui convainc ! Voilà la version viennoise de l'Inquisition ! Voilà la civilisation ! Dieu a créé les riches pour donner aux pauvres le paradis en spectacle. Ce spectacle, nous avons le devoir de le rendre aussi resplendissant que possible. Une Jérusalem céleste, oui !

Comme il prononçait avec emportement ces

mots, l'approche d'un groupe insolite accrocha son regard. Deux garçons avançaient lentement, soutenant par les aisselles une masse vaguement humaine, le crâne et le visage enveloppés d'un paquet de hardes ; une touffe de cheveux blancs, toute droite, s'en échappait.

— Il s'est brûlé le visage à la fosse à chaux, répondit l'un des deux apprentis à la question muette que, d'une avancée du menton, lui faisait le prince — et il inclina obséquieusement la tête en ajoutant : « Son Excellence ! »

Quelques tailleurs de pierre, qui s'étaient approchés, ôtèrent leur bonnet d'une main lente, et, sans un mot, regardaient passer le fantôme.

— En voilà un qui n'admirera plus votre Jérusalem céleste ! glissa le comte Montecuccoli à son ami dans un aparté narquois.

Balthasar avait tiré de sa bourse un florin qu'il tendit au garçon le plus hardi.

— Tâche de le remonter avec un verre !

Les pupilles de l'apprenti se dilatèrent.

— Si c'est pas pitié de plus voir ça ! soupira-t-il en agitant la pièce d'or devant les yeux bandés du vieillard.

Mais c'est dans la direction d'où était venue la voix du prince que le vieil homme invisible tourna lentement sa tête emmaillotée. Et d'une saccade brusque — la colère ou le désespoir — il dégagea sa main droite et tenta d'arracher ses hardes.

— Hé, hé ! qu'est-ce qui te prend, malheureux ! s'exclamèrent ses guides en s'emparant vigoureusement de ses bras. De nouveau, son corps entier s'affaissa, et ses jambes se dérobèrent sous lui. Les garçons se remirent en marche, traînant entre eux la masse amorphe qu'un sursaut redressait parfois. Le petit groupe disparut au coin de la rue.

— L'imprudence de ces gens fait frémir, commenta Balthasar en hochant la tête.

— Reprenons un soir, voulez-vous, notre dialogue.

— Serez-vous chez Bade demain ?

— Bien sûr, qui n'y sera pas ? A demain donc — et déposez en attendant mes hommages aux pieds de la princesse Eléonore. A-t-elle eu son enfant ?

— Bientôt, bientôt. Je me garde bien d'accorder de l'importance à une naissance — j'attends d'être assuré qu'un enfant survive. Quelle femme n'en a pas perdu, comme elle, trois ou quatre ?

— Eh, que voulez-vous ! s'exclama le prince Montecuccoli, la nature est sélective, et en connaît le pourquoi. Quoi qu'il en soit, heureux l'homme qui possède une femme belle et — ce qui plus est — silencieuse... peu curieuse... Et vos amours ?

— Ascendantes ! Ascendantes ! Merci. Vous me rappelez à mes devoirs, je m'esquive.

Ils se séparèrent en riant.

Chapitre Trois

UN ACCOUCHEMENT

— Résiii !

L'appel véhément dérailla dans l'imploration.

— Je suis là, dit Rési en poussant précipitamment la porte de la chambre.

Dans le désordre caractéristique des draps où la souffrance a fait son nid s'écarquillaient les deux yeux fous de la princesse Eléonore.

— Rési, j'ai mal !

Elle s'agrippa avec terreur au bras de la vieille femme — et la brusquerie de son geste dénuda ses épaules, le creux bleuté et la saillie des clavicules, toute une aire translucide plus voisine de la nacre que de la chair. A vingt-sept ans, à l'âge où d'autres femmes, pour fuir une fertilité harassante, s'élancent droit devant elles vers la vieillesse et son havre, Eléonore, se trompant de direction dans sa fuite, reculait chaque année davantage dans une zone d'avant la nubilité. Rési tressaillit à la voir. Le souvenir d'une fillette dont elle avait trouvé le corps dans une grange, ouvert et déchiré par un soudard, lui cingla la mémoire.

— Fais chercher Frau Socke, cours, cours !

Et tout en la poussant avec violence d'une main, Eléonore s'agrippait de l'autre à son caraco.

Sous l'épée fichée en terre d'un chevalier agenouillé s'ouvrait dans la tapisserie la porte de l'escalier de service. Rési y cria qu'on allât chercher la sage-femme. Une voix ensommeillée lui répondit puis tout un remue-ménage se fit entendre, et des pas encore titubants dégringolèrent les marches.

— Habille-moi et ouvre la fenêtre, je brûle.

— Il neige, Votre Excellence. Ne commettons pas d'imprudence.

— Il neige !

Eléonore se dressa dans son lit, animée du frémissement des pouliches qui courent en rêve. D'un mouvement brusque de hanche elle esquiva le poids de son ventre.

— Laisse-moi partir !

Une convulsion la recroquevilla. Le globe de ses yeux roula sous ses paupières closes. Une plainte rageuse lui écarta les dents. Elle émergea, les narines pincées de colère.

— Habille-moi, qu'est-ce que tu attends ! Tu ne veux pas que j'accouche en chemise, non ? Et appelle les filles, je veux d'autres draps.

Rési s'empressa de transmettre les ordres de sa maîtresse et revint aussitôt la dévêtir. Eléonore claquait des dents, abandonnée à la pitoyable nudité. Dieu, dans sa colère, ne rendit-il pas le corps de Job à sa mortelle insignifiance en le dépouillant de ses vêtements ?

— Vite ! implorait-elle, les mains tendues.

De même que le cristal des carafes arrachait le vin à la nuit des fûts et l'exaltait, le vêtement seul, en inscrivant le corps dans les savants hiéroglyphes du rite social, lui donnait un contour.

Elle s'engouffra en toute hâte dans la chemise qu'on lui tendait. Puis Rési l'aida à mettre le corset dont deux fanons de baleine sur trois avait été ôtés pour l'assouplir. Elle le laça le moins sévèrement qu'elle put, malgré les adjurations de la princesse qui, les mains sur les hanches, retenait son souffle. Une convulsion la jeta en arrière. Ses seins maintenus par le socle rigide dominaient maintenant l'avancée du ventre de leur impeccable rondeur. Ainsi corsetée, la souffrance paraissait tenir en place.

Rési lui présenta une robe de faille rouge dont le justaucorps raidi de perles béait sur un flot de moire ; la rigidité des baleines et des fils d'acier maintenait à distance des hanches le lourd drapé du corps de jupe. Et comme si cet ajustement l'eût soulevée de terre, elle franchit sans tituber les quelques pas qui la séparaient d'une chaise longue. Rési, juchée sur un pliant, se pencha en avant pour la peigner, absorbée tout entière par les sillons réguliers que les dents de nacre ouvraient dans les cheveux. Puis, soulevant d'un tour de main leur masse brillante, elle la travailla en couronne autour d'une houppe de crin, y enfonçant pour finir d'immenses épingles hérissées de rubis.

Deux servantes entrèrent, hésitantes, les yeux baissés, se cramponnant de leurs mains rougies aux draps qu'elles portaient.

— Dis-leur de sortir, je t'en prie, gémit Eléonore sans tourner la tête, tu ne sens pas qu'elles puent. Où sont les deux miennes ? Qu'on les réveille ! Ah...

Sa tête bascula en arrière sur le dossier et ses doigts écartés agrippèrent son ventre.

Résí poussa doucement les filles vers la porte et commença de défaire les faveurs nouées autour des draps. Quand elle eut fait le lit et édifié au sommet toute une montagne d'oreillers, elle aida Eléonore à s'y étendre et resta debout en silence à la considérer.

— Tu es là, Rési ? gémissait-elle de temps à autre sans ouvrir les yeux.

— Oui, Votre Excellence.

— Personne ne saura jamais ce que j'endure.

Les mots butaient sur ses lèvres sèches que Rési humecta de vin rouge.

— Plus on s'élève dans l'échelle de la création et de la société, plus les organes et les nerfs qui les relient entre eux sont sensibles et plus la souffrance est véhémente. Ma mère le disait. Les petites gens ne soupçonnent pas ces choses.

Elle gisait là, prisonnière d'une souffrance

elle-même captive et qui ne l'entraînait à la rencontre de personne.

— Les petites gens, comme les nomme Votre Excellence, sont tellement habituées à la souffrance qu'elle ne les prend jamais au dépourvu.

Rési parlait doucement, sans impatience, sans désir même d'être entendue, droit devant elle, les yeux grands ouverts.

La neige poussée par le vent picorait les vitres. Une heure passa, traînante, moite, ponctuée par des gémissements de plus en plus âpres.

On perçut enfin un crissement sur les dalles de la cour d'honneur, doublé aussitôt par le continuo sourd du cocher calmant ses bêtes et, en réponse, la furieuse expiration que les chevaux font entendre quand ils secouent leur harnais.

— La voilà ! s'exclama Rési en écartant d'une main les rideaux.

Frau Socke fit peu après son entrée, déplaçant l'air avec la vigueur enjouée des femmes à embonpoint.

— Alors, Votre Excellence nous fait des fredaines ! Trois semaines plus tôt que prévu !

Et elle ajouta en désignant de sa main gantée la taille de la princesse.

— Voilà quelqu'un de pressé !

Sa familiarité envers les grands lui venait de ce qu'elle ne les connaissait que couchés. Le regard noyé d'anxiété de sa patiente n'érailla pas sa bonne humeur.

— Eh bien, voyons, dit-elle en s'extrayant avec maintes contorsions d'une énorme pelisse où hésitaient encore les derniers flocons de neige. La chambrière qui l'avait escortée tirait à deux mains sur la manche.

— Ouf, gémit-elle enfin, émergeant du pelage les oreilles en feu, c'est presque une naissance non ?

Et son rire découvrait ses minuscules dents grises.

— Frau Socke, lui cingla Eléonore, vous ne voyez pas que je me meurs.

— Que Votre Excellence se rassure ! Son visage garde les couleurs de la vie et Dieu lui donnera un bel enfant.

— Ah ! cria-t-elle, vous savez fort bien que Dieu ne donne jamais rien et qu'il faut tout payer au poids du sang !

Elle cacha son visage dans ses mains. Ses propres paroles l'emplissaient de terreur. De tous les sentiments violents, la terreur était le seul qu'elle connût. Sa vie entière lui semblait placée sous le signe or et rouge de la colère divine. Aucun repli n'était possible : sa propre peau circonscrivait le lieu de son martyre. La mort même n'offrait pas d'issue. A la sortie de l'existence, l'attendait l'appareillage fantasque et compliqué de l'enfer qui happe et broie celles parmi les femmes qui eurent leurs entrailles en horreur. Aux descriptions que le prédicateur Abraham a Sancta Clara donnait de l'univers des damnés, son cœur se saoulait d'épouvante :

« Impie ! Pendant que tu m'écoutes, ta propre mère est rouée vive. Cette mère que tu embrassais autrefois, ce sont les flammes qui la baisent. Cette mère qui t'a porté se tord sous le poids des chaînes. Ce ventre qui t'a contenu, la poix bouillante le remplit. A ces mamelles que tu suçais, les serpents t'ont succédé. Et le cœur sur lequel elle te pressait bout maintenant dans un chaudron. Ah ! infâme suppôt de Satan, ta mère hurle de douleur et tu ne fais rien pour elle ! »

Que par ces paroles peu amènes, Abraham a Sancta Clara ne visât qu'à encourager ses ouailles à « surmonter leur sordide avarice » et à faire dire des messes à quarante kreuzers pour le repos de l'âme de leurs géniteurs, n'effleurait pas Eléonore. Son enfer était commencé.

— Tttt... tttt...

Frau Socke la réprimandait doucement en lui tapotant les mains.

— Que Votre Excellence m'écoute et se rassure. Quand le corps et l'âme sont comme chien et chat, il n'y a qu'une chose à faire : les séparer un moment jusqu'à ce que leur pugnacité se calme. Je vais installer Votre Excellence dans une loge d'honneur d'où elle se regardera souffrir en toute quiétude comme au théâtre.

Un peu là et un peu absente à la fois... Le rêve, non ?

Et tout en parlant, elle plongeait ses bras jusqu'au coude dans un grand sac de cuir bouilli, y fouillait avec ardeur, produisant à l'intérieur un vif cliquetis, et en sortait, triomphante, une fiole remplie d'un liquide couleur safran dont elle versa le contenu dans un gobelet.

Eléonore, qui suivait ses gestes avec des yeux que dilatait l'espérance, vida d'un trait la potion. Mais aussitôt, son estomac se révulsa. Rési eut tout juste le temps de lui présenter le récipient le plus proche. C'était une coupe de vermeil, un faune y caressait une nymphe dont le corps gracile renversé en arrière par une torsion de volupté offrait prise à la main et servait de poignée. Elle y vomit le liquide mêlé de bile.

Frau Socke secouait la tête, perplexe.

— J'avoue n'y rien comprendre. L'archiduchesse Maria Anna l'a fort bien supportée la fois dernière.

Qu'une princesse pût ne pas supporter ce que l'estomac d'une archiduchesse avait toléré, sa stricte logique s'en offusquait. Un soupir haussa sa vaste poitrine à deux doigts de son menton. Elle pria Rési de lui approcher un chandelier.

— Il n'y a plus qu'à regarder.

Et empoignant à deux mains une colonne du baldaquin, elle monta à l'assaut du lit, se posta à genoux. Du geste ample et cérémoniel d'un prêtre ouvrant le tabernacle, elle écarta les jambes de la princesse.

— Jésus Marie, les eaux sont lâchées !

S'emparant en hâte d'un coin de drap, elle épongea une substance verdâtre qui la fit grimacer.

— Doux Jésus, l'affaire est mal engagée. La duchesse de Sagan a failli aussi y passer voilà trois jours.

Assourdie pas son propre râle, les yeux révulsés, Eléonore n'entendait plus. Frau Socke, qui d'un regard s'en était assurée, poursuivait à l'adresse de Rési :

— Cette génération ne vaut pas l'autre. J'en ai confirmation tous les jours. La vieille princesse encore, à peine son poupon sorti, se régala d'une pintade. J'y étais, je ne vous mens pas. Bien sûr qu'il en trépassait aussi, mais de solides génitrices comme alors, je n'en rencontre plus. La famille impériale, Dieu la garde, n'a pas été épargnée non plus. Voilà cinq ans déjà — qui le croirait ? — que Margareta nous a quittés en emportant dans son sein un fruit pourri — un mâle ! — l'espoir alors de la Maison d'Autriche !

Et elle baissait la voix, l'œil sur la porte, transformant l'Impératrice, par l'alchimie subtile de la réprobation, en servante qui s'esquive, un couvert d'argent dans la poche.

— Certaines dussent-elles en éprouver du déplaisir : les lois de la Nature ne se détournent pas. Personne n'a encore trouvé pour venir au monde un autre chemin que celui qui s'ouvre entre les cuisses d'une femme. L'Empereur aussi est passé par là, ajouta-t-elle en inclinant la tête — et tout aussitôt, se signant : et Notre-Seigneur Jésus-Christ !

Rési, d'un regard suppliant, l'exhortait à se taire. La moiteur du corps de sa maîtresse, la gagnant peu à peu, plaquait son châle à ses épaules.

Eléonore, en arrachant brusquement sa tête de l'oreiller, se prit à crier. Et ce cri dément qu'elle ne connaissait pas pour sien la tirait en avant, l'aspirait tout entière dans une nuit zébrée de filaments rouges. Rési se précipita pour lui saisir les mains. Le cri cassa net, la lâchant brusquement d'une hauteur vertigineuse. Elle retomba en arrière comme morte. Et avec elle — sur elle — tout le poids de la nuit. Elle s'enfonçait maintenant dans du sable brûlant.

— Retenez-moi !

Le fracas d'un galop furieux à ses oreilles, le martèlement de mille sabots ferrés.

— Retenez-moi !

Et au-dessus d'elle, un genou sur son ventre, Frau Socke, gargouille grimaçante, saillant dans le vide et beuglant des ordres.

— Poussez, nom du Christ !

Mais la douleur la paralysait — et le piétinement multiple de la féroce cavalcade.

— Retenez-moi !

Elle s'enfonçait.

Les voix lointaines lui tendaient des perches qu'elle eût voulu saisir mais ses ongles crochés au matelas y restaient scellés.

Elle entrevoyait derrière la grille tremblée de ses cils Frau Socke, rouge et suante, qui s'acharnait.

— Mais pousse, Jésus Marie, pousse !

Elle perçut horrifiée le tutoiement que la furie de l'action arrachait à Frau Socke et le froid d'une lame lui incisa la peau. Il n'y avait que la Mort qui tutoyât les princes. Elle avait laissé entrer chez elle l'émissaire de la Mort et lui avait, dans sa confiance aveugle, livré son corps. Plus rien ne justifiait le désespoir de sa résistance ; elle lâcha prise, se laissa engloutir. La violence des heures passées se referma au-dessus d'elle comme les lèvres d'une plaie. Elle dérivait dans une eau souterraine, frémissante d'algues et de feuilles, s'émerveillait de la fraîcheur inespérée de la mort.

Frau Socke, lorsqu'elle vit que la princesse évanouie n'aiderait plus à sa propre délivrance, se redressa en respirant bruyamment, s'essuya le front à sa manche et remit droite sa coiffe chavirée sur son oreille.

Elle recula, toujours à genoux.

— On voit déjà un rond de cheveux de la grosseur d'un thaler.

Mais elle secoua tristement la tête, ajoutant dès qu'elle eut introduit les doigts dans la matrice :

— Le fruit est mort, cela ne fait pas l'ombre d'un doute. Je le pressentais. Nous avons encore de la chance dans ce malheur qu'il ne soit pas gonflé des vapeurs de la putrescence.

La fille de chambre à peine pubère qui lui tenait maintenant le lourd candélabre écarquillait ses yeux noyés de fatigue, s'effarant d'éclairer la plaie béante, l'écoulement de sang et de lymphe qui noircissait à l'entour l'amoncellement de faille et de dentelle.

Frau Socke sortit alors de son sac une large pince qu'elle oignit longuement d'huile et de bière.

— Il nous faudra de l'eau bouillie.

Rési ne trouva personne dans l'antichambre et courut elle-même jusqu'aux communs — *il nous faudra de l'eau bouillie.* L'immensité vide de la cour où son pas amorti par la neige ne résonnait pas, lui renvoyait une autre absence — *il nous faudra de l'eau bouillie,* ténue, infime celle-là. Cette longue nuit d'attente, l'arrivée de personne ne la suspendrait. Un enfant s'était refusé. Elle avait été le témoin de tant de choses brutales et terribles — *il nous faudra de l'eau bouillie,* en comparaison desquelles la fêlure de ce refus n'était rien en apparence. Mais, pour compenser tout le reste, il n'y avait que cette ligne tremblée qu'inscrit sur le désert du monde le cri de ceux qui naissent. Ce matin-là, rien ne commencerait.

Les cuisines étaient presque désertes, mais dans un angle, autour du rougeoiement de l'âtre, un petit groupe de marmitons aux cheveux piqués des brins de leur paillasse, faisaient cercle, les épaules secouées de rire. Rési s'approcha sans un mot, se glissa au milieu d'eux pour voir. Une vieille, couchée sur un banc, un paquet de hardes gonflant sa jupe, mimait les douleurs de la gésine et poussait des han ! à fendre le bois.

— Ah ! dit la vieille en l'apercevant, ne taille pas cette gueule, Rési ! C'est peut-être de la pitié que tu veux de moi ?

Et elle découvrit en grimaçant ses gencives terreuses où branlait un chicot.

— Je vais te dire, poursuivit-elle en se hissant sur ses coudes, il n'y a que ça au monde, han ! pour nous venger de nos maîtres — ça et la mort qui ne fait pas de différence entre eux et nous. Alors ne viens pas tout gâter !

Et elle reprenait le halètement rageur qui faisait grincer le banc.

— Et han ! pour ses yeux de pierre qui rayent ce qu'ils regardent. Et han ! pour le coup de sabot de sa jument qui a fendu le dos de mon Hansi. Et han ! pour toutes les dents que j'ai crachées. Et han ! pour l'eau bouillante que le maître queux m'a versée sur la tête quand j'avais douze ans pour me rabattre le caquet.

Elle arracha d'une main son fichu, montrant les larges plaques chauves et violacées qui émaillaient son crâne.

— Ta pitié ! Que je crève pas de rire ! Un

valet peut venir demain de la part du majordome me dire : « Va crever dehors. » A toi aussi, ils montreront la porte quand tu auras assez servi. Ta pitié ! Avec quoi on se la paierait, hein ?

Elle montrait ses mains vides aux doigts tordus.

— Vieille, lui dit alors Rési, surmontant avec peine la fatigue qui l'avait envahie, ne vois-tu pas que c'est ta souffrance de femme que tu insultes devant ces garnements ?

Les yeux de la vieille crépitaient de colère.

— Tu parles trop bien, Rési ! Va mettre plutôt dans le berceau de ta maîtresse le lardon de ma pute de fille et vends le leur aux saltimbanques. Voilà ce que j'appelle une vengeance !

— Tu ne sais pas ce que tu dis, vieille. Nos enfants ne sont pas nos enfants parce qu'ils nous sortent du ventre mais parce qu'ils partagent notre vie.

— Ne prends pas de gants, dis ! notre chienne de vie.

— Oui, c'est ça, notre chienne de vie. Le petit de Mariandl élevé là-haut serait le leur, il n'y aurait pas de différence. Il te mépriserait — comme le leur ; ne te regarderait jamais au visage — comme le leur ; n'apprendrait jamais ton nom — comme le leur ; te confondrait avec vingt autres — comme le leur. Tu parles d'une vengeance, hein ? Avant que le croque-mort te hisse sur son chariot, il serait temps d'apprendre à voir, non ? Je veux de l'eau bouillie, je dois faire vite.

La vieille se redressa en maugréant.

— Une chose encore, ajouta Rési en s'approchant du chaudron : entre le petit de Mariandl et le leur, il y a une différence de plus : le premier est vivant, l'autre est mort.

— Ah ! dit la vieille, brusquement dégrisée, en resserrant en hâte son fichu sur sa nuque. Ecarte-toi.

Elle chassa de la main les marmitons qui se dispersèrent, décrocha une louche et remplit avec dextérité le broc de cuivre que tenait Rési. Les gouttes répandues grésillèrent. Quand le broc fut plein, elle en empoigna l'anse, s'achemina vers la porte, puis remarquant soudain que Rési n'avait qu'un châle, lui jeta sur les épaules sa houppelande.

— Et toi ?

— Moi ?

Elle resta un instant comme interloquée qu'on pût s'enquérir d'elle. Mais tout aussitôt un sourire craqua dans son visage, chambardant toutes les rides.

— Touche ! Je brûle. Après une vie près des fourneaux, j'ai au moins un avantage sur vous tous : l'enfer ne me fait plus peur !

A l'instant où Rési poussa la porte de la chambre, Frau Socke arrivait au bout de ses peines.

L'enfant qu'elle venait de tirer à la lumière était un homme en réduction, parfaitement formé, noirci par l'asphyxie et tout luisant des eaux de la matrice, un pied de long, la peau sur les os, pas de chair, un de ces jouets macabres que les conquistadores ramenèrent du Mexique à la cour d'Espagne.

Frau Socke le tenait à bout de bras. Et son ombre grandie se profilait sur la tapisserie, empalée aux lances qu'une armée de croisés tenaient brandies. Elle restait là, immobile, à le considérer ; et derrière elle, la fille de chambre agrippée à deux mains au candélabre, ouvrait la bouche de saisissement.

Un signe de croix hâtif remit en marche le temps arrêté.

Rési s'approcha, prit l'enfant des mains de Frau Socke et le coucha avec précaution sur le coussin de velours rouge frappé aux armes des Lichtenburg, préparé pour le recevoir. Elle l'essuya doucement puis le vêtit.

Lorsque la princesse, un instant plus tard, ouvrit les yeux, elle savait déjà l'enfant mort.

— Montrez-le-moi.

Frau Socke voulut s'interposer :

— Ne le montrez pas !

Mais Rési, le prenant dans ses bras, s'approcha sans hésiter pour le lui présenter.

— Il était bien formé, dit-elle. Voyez les mains, ce sont celles de Votre Excellence et les longs cils.

Dressée sur ses coudes, la princesse le considérait avec attention. Ce qui lui dilata la poitrine et lui arracha un hoquet ne fut pas le chagrin ni même la répulsion — mais la sensation brusque de sa délivrance. L'air en s'engouffrant dans ses poumons la brûla. Toute la nuit lovée dans son corps lui avait été arrachée et gisait là, sur ce coussin de velours, dans la frêle chrysalide d'un corps d'enfant.

— Il était bien formé, répétait-elle.

Et les sanglots roulaient dans sa poitrine.

Tout ce que la peur en elle avait gelé et obstrué retrouvait sa liquidité, se dilatait. Il lui semblait qu'en circulant, son sang caressait l'intérieur de ses veines. Elle allait vivre. Vivre !

A ce moment, le prince fit son entrée, les joues tavelées de mousse à barbe et, sur ses talons, son barbier brandissant encore sa lame ouverte. On l'avait prévenu au milieu de sa toilette des événements de la nuit et il s'était empressé d'accourir pour « consoler » sa femme.

Elle le regardait, interloquée, ne comprenant ni ce qu'il voulait, ni en quoi il pouvait prétendre que cet événement le concernât.

— Il ne faut point vous affliger, Eléonore, le destin vous réservera une revanche.

Une colère aigre la cingla de front. Elle lui retira vivement la main qu'il portait à ses lèvres.

— Je ne vois point de quoi vous voulez parler, dit-elle.

Le prince à son tour fut surpris — et l'expression ahurie de son visage poupin moucheté de mousse transmua brusquement la colère d'Eléonore en une clairvoyance glacée.

Il se tenait là devant elle, ce géant rose, étranger aux grands bouleversements de l'existence. Et les choses importantes de la vie, de la mort — le frémissement continu des contradictions essentielles qui les reliaient l'une à l'autre — se passaient, continueraient de se passer au-delà du cercle étroit de sa perception. Il se tenait là, oui, pris aux rets des multiples broutilles de son existence d'homme, fier d'entrer à son gré chez l'Empereur, fier de lever un bataillon de mille hommes qui lui coûtait les revenus de dix mille acres de bonnes terres, fier de sa nomination au Conseil secret et de six mille florins de rente qu'elle lui assurait et qu'engloutissaient sans les couvrir les frais de représentation — fier de tout cet air remué et brassé, de tout ce bruit autour de lui. Et le cliquetis d'éperons qu'elle avait perçu dès son entrée sous les larges plis de sa robe de chambre — il se bottait au saut du lit — l'électrisa. Tous ces hommes à cheval, ces coqs ergotés, ce piétinement sans fin dont résonnait la ville, ce piétinement sans fin des sabots et des bottes, tous ces hommes à cheval qui ne savaient que fouler la terre qui les accueillait, la terre et ceux qui y marchaient à pied, tous ces hommes à cheval, toutes ces cuisses refermées comme des étaux sur les croupes et la vie des autres, toutes ces cuisses étrangleuses, ces paires de pinces... Oui, les cavalcades insolentes, les départs de guerre, les départs de chasse auxquels elle avait assisté sans froncer un sourcil, ce bruit de fond de toute son existence lui apparut en un seul instant dans sa brutalité nue et monstrueuse.

— Qu'avez-vous ? interrogea-t-il en balbutiant. Vous sentez-vous mal ?

Plus jamais, pensa-t-elle, elle ne laisserait approcher d'elle ce corps qui, sans égard pour le dégoût qui la raidissait, lui imposait sa moiteur, sa frénésie et pour finir cette viscosité dégoulinante qui lui poissait les cuisses. Elle le fixait, raidie par sa détermination, les yeux étincelants.

— Je vais fort bien, dit-elle, mieux que jamais.

Il reculait, voulut prendre congé, fuir le malaise que lui causaient toujours ces machines de femme quand elles se détraquent.

Elle le rappela et, lui désignant la petite momie bleuie sur le coussin de velours :

— Vous ne regardez pas votre fils ?

Il eut un haut-le-cœur, détourna les yeux en hâte. Elle eut pitié de lui, de sa lâcheté.

— Je vous ai refusé, lui dit-elle, la manifestation de faste d'un beau baptême, mais rassurez-vous, je vous donnerai d'ici peu une occasion meilleure de déployer votre magnificence : l'enterrement de votre femme.

— Reposez-vous, répondit-il, vous n'êtes pas encore dans votre état normal. Fermez les yeux, dormez, dormez.

Et tout en parlant, il quittait la chambre à reculons ; elle le fixait, les yeux grands ouverts.

On l'entendit courir dans l'escalier.

Chapitre Quatre

UN BAL

Doux doux soyez doux
Vilains enfants
Obéissez à vos parents
Car le mangeur d'enfants
Erre dans la ville
Doux doux soyez doux
Vilains enfants
Son ventre est vide
Et son grand sac bat sur son flanc
Il emporte les méchants enfants
Qui ne dorment pas
Et les dévore à belles dents
Il leur gobe les yeux, le cœur, le foie
Et leur suce tout le sang
Doux doux soyez doux
Car le mangeur d'enfants
Emporte tous ceux qui dans l'ombre
Ont gardé les yeux ouverts...
L'entendez-vous dans...*

Ce soir-là, plus d'une berceuse reste en suspens. Un lointain brouhaha, le tintinnabule-

* Adaptation d'une berceuse allemande de la fin du XVIIe siècle.

ment de grelots... On court aux fenêtres, on écrase son nez aux carreaux. Les petits, oubliant un instant les mâchoires de l'ogre, ont bondi hors de leurs paillasses.

Du fond de la nuit devenue plus noire on voit s'avancer des flambeaux. Leurs flammes s'affolent, vrillent l'obscurité de multiples tourbillons fous. On ne distingue pas encore les mains qui les brandissent. Mais l'impatience de voir ces cavaliers qu'annonce la rumeur esquisse déjà, devant les yeux dilatés par l'attente, le mirage tremblé de leurs contours.

Un homme qui surgit d'un porche obscur, une lanterne à la main, jette brusquement sur le mur une giclée d'ombres géantes.

La neige s'éclaire d'une lueur de nacre.

Ils arrivent. Ils passent.

Les pages brandissant les flambeaux comme des oriflammes et leurs coursiers fougueux coiffés d'aigrettes et de plumes.

Derrière eux s'élance un cheval blanc. A sa martingale sont fixés de gigantesques bois de cerf qu'embrume le panache clair de son souffle. Le traîneau qu'il emporte semble à peine effleurer le sol. Et dans la mousse de fourrure débordant sur la coque, vogue un visage blanc qu'encadre une perruque. A l'arrière, sur une mince plateforme, se découpe la silhouette d'un cocher qui tient à bout de bras, au-dessus de la tête immobile, des rênes cloutées d'or.

Et la nuit se referme derrière eux comme une eau.

L'éblouissement de la vision a jeté un sable qui se dépose doucement au fond des yeux, tout pailleté de débris précieux ; restent incisés sur les rétines le ramage d'un brocart, le galon d'argent d'une livrée, une bride cloutée de pierres de Bohême, ou sous une botte qui miroite, le filigrane d'or d'un étrier.

Un clignotement encore et tout s'éteint.

Parfois, l'arrivée d'un autre équipage renouvelle l'apparition. Et tout se passe alors comme dans le roulis du demi-sommeil, quand toute la volonté du dormeur se tend pour rêver un rêve une seconde fois.

Dans le centre de la ville, entre la Freyung, le Hoher Markt et la place Saint-Etienne, c'est un tout autre spectacle.

Les curieux qui n'ont pas trouvé place aux fenêtres se sont précipités dehors, lanterne ou chandelle à la main, encombrant la chaussée. On accourt aussi des ruelles voisines. Les sans-gîte toujours à l'affût d'une aubaine ou d'un infime mauvais coup se glissent dans la foule des badauds.

La rumeur monte, et dans le carillon assourdissant des grelots, les premiers jurons fusent.

Un vent de folie.

La perpétuelle mouvance des torches aux mains des laquais et des pages fait danser et bondir les ombres, moire les façades. Les pierres, les visages, le bois, les étoffes, le plâtre, tout s'anime. La rue entière frissonne, tendue de peau.

Le cortège des hôtes du prince de Bade avance, ralenti et sans cesse grossi par l'arrivée de nouveaux équipages.

Les chimères, les griffons et les tigres sculptés à l'armon des traîneaux dressent leurs têtes hautaines et fixent de leurs yeux peints la foule.

Bestiaire fastueux, tout sanglant de pourpre et nervuré d'or, que double, dans un registre imprévu, sous la crête hargneuse des diadèmes ou l'aigrette acérée d'une parure de diamants, le faciès poudré des occupants. Ces têtes séparées du corps par un collet d'hermine ou le bouillonnement d'un jabot, un fil invisible les relie toutes ensemble — comme les grains d'un rosaire. Un chapelet géant s'égrène le long des rues de la ville.

Il est des vieilles dans la foule qui machinalement se signent.

Certaines de ces têtes qui attirent tous les regards semblent de stuc. D'autres trahissent leur vie d'un battement des paupières ou d'un brusque sursaut.

Même celles qui s'animent, sourient, ou se penchent l'une vers l'autre pour échanger d'infimes propos, paraissent vouloir mimer une appartenance à la commune humanité — dont personne n'est dupe.

Ces fastueux passagers de la nuit semblent ne s'être incarnés que pour se déplacer plus commodément — par une sorte d'ironique complaisance. Leur véritable corps est celui qui rayonne en surimpression — corps mystique vaste de ces dizaines de milliers d'acres de terres arables et de forêts, qui s'étendent jusqu'en Hongrie, en Silésie, en Moravie et en Bohême, tout frémissant du Kyrie Eleison des cens, des taxes, des péages, des douanes, des droits de marché prélevés dans leurs territoires, tout vibrant du hosanna des monopoles seigneuriaux et du fervent *Gloria in Excelsis Deo* de leurs nuées de corvéables !

La richesse du monde déferle, décrochant les mâchoires des badauds plantés là, insensibles aux giclées de boue qui raidissent leurs chausses, aux coups de cravache égarés qui les cinglent, aux cris des laquais qui les somment de s'écarter.

A la jonction du Graben, du Tuchlauben et du Kohlmarkt, l'arrivée du Palatin de Hongrie a porté l'encombrement à son paroxysme. Douze heiduques, vêtus à la hongroise, la rapière au bout du baudrier, ouvrent résolument la marche. Suivent, montés par de jeunes pages, six chevaux noirs aux flancs couverts de chabraques blanches brodées d'or, puis le traîneau où somnolent dans une nébuleuse d'hermine le comte Esterhazy et son épouse. Un chien minuscule agite son museau de rat dans le manchon de la comtesse.

Un mendiant qui flotte dans ses hardes se détache de la troupe de ses semblables et avance en titubant, main tendue. Un jeune page, d'une grâce troublante, le repousse en riant du bout de son pied. Il tombe assis sur un monceau d'ordures. Les rires fusent. Jambes écartées, affaissé dans sa pose grotesque, le gueux ôte le bonnet qui lui bandait à demi les yeux et salue d'une inclinaison profonde de la tête l'illustre compagnie. Une aune et demie de chair humaine pourrie d'abcès et dont l'équarrisseur ne donnerait pas un kreuzer* regarde passer trois cent mille acres de terre.

Dix pieds plus haut, les bourgeois aisés de la ville écrasent leurs ventres aux garde-fous des balcons. Et l'admiration éperdue que leur inspire le pouvoir — tout pouvoir d'où qu'il vienne — fait chavirer dans le gras blanc de leurs yeux le rillon brunâtre d'un regard. Au fond de leur abdomen gonflé d'un soupir heureux, grouillent, tout contre la poche stomacale où se dissolvent les knödel et le rôti de porc du dernier repas, les germes vivaces d'une lointaine progéniture qui saluera d'autres défilés, le martèlement d'autres bottes.

Des chevaux exaspérés par l'agitation trépignent et se cabrent.

Les monticules d'ordures où les cochons promènent le jour leurs groins empoissés surgissent sous la neige foulée. Un tas de boyaux jeté là dégorge sa boue brunâtre. Un crottin fume.

* Monnaie d'époque, 1/60e de florin.

Ici et là, se joignent au cortège les chaises à porteurs de ceux qui, venus en voisin, ont craint peut-être d'enrhumer leurs chevaux. Au travers de précieux verres de Venise chatoient des ombres aussi difficiles à discerner que les bribes d'os derrière le verre bombé des reliquaires.

Ceux, nombreux, qui dans la foule identifient les Maisons à leurs couleurs ou à leur blason — d'anciens domestiques mis à la rue, des mercenaires estropiés —, jettent des noms que le chœur des badauds reprend :

— Waldstein... Fondi... Liechtenstein... Porcini... Schwarzenberg...

Un loustic qui lance : Poncius Pilatus, déclenche une avalanche de rires.

Non loin de là, la petite place Saint-Pierre se trouve bloquée par deux équipages dont les occupants se disputent férocement la préséance. Le traîneau de la marquise Popoli s'est engagé dans la Jungfraugasse à la seconde même où le cocher de la comtesse Draskowitz y lançait ses chevaux. Réduits à l'immobilité, les laquais se toisent avec fureur tandis que leurs maîtresses jurent en dialecte viennois mais usent, pour défendre leurs prérogatives respectives, d'un français zébré d'italianismes. Les badauds, par leurs éclats de rire et les paris qu'ils ouvrent, accroissent la fureur des deux partis.

Le prince de Lichtenburg qui passe à dix pas de là sur le Graben a observé la scène avec délectation. Il saute allègrement au sol, enjambe un tas d'immondices et invite les dames à prendre place à ses côtés dans son traîneau. Aucune n'aura ainsi à céder le pas à l'autre. Il sait les convaincre, offre à chacune un bras qu'elles acceptent sans néanmoins se départir de leur hargne.

Mais les équipages abandonnés n'en bougent pas pour autant. Les cochers se cinglent de leur fouet, les laquais en viennent aux mains et se sont des trabans accourus qui les séparent et, par la persuasion du sabre, les contraignent à circuler.

La foule est de plus en plus dense.

Peu à peu, le piétinement, le désordre, les encombrements, les épisodes burlesques qui se succèdent, écaillent la fresque majestueuse du début, la craquellent de lézardes qui font apparaître la vie, son tumulte.

On se pressait d'abord pour voir. On se presse maintenant pour le plaisir, pour la chaleur, pour l'étincelle qu'une paire de seins collés à votre dos fait partir de la nuque au bas des reins. Les hanches et les épaules s'emboîtent, la saillie des os s'engrène ou s'amortit dans quelque bombement charnu. Les étoffes se frottent, s'électrisent. Les enfants jubilent. Un suc neuf redresse des vieillards cassés, suspend leur grommellement. Les gueux lénifient leurs escarres aux fermes contours d'une santé voisine. Des filles chatouillées poussent des cris aigus qui font rire, frémir. Des garnements rajustent leur haut-de-chausses qu'un sexe éveillé tiraille. Un mari jaloux repousse sa femme dans son échoppe à grands coups de trousseau de clés. Elle crie, l'injurie avec véhémence et, virant soudain comme une toupie, soulève d'un geste furieux son cotillon, tendant vers lui un cul étincelant de blancheur fendu comme une amande. On rit aux larmes. On prend parti pour elle, pour sa blancheur. Le mari est rudement houspillé par un groupe de lavandières mais finit néanmoins par se glisser dans l'échoppe où s'est engouffrée sa femme un instant plus tôt. On entend encore le fracas de tabourets renversés, les cris rageurs qu'elle pousse sous les coups, des gémissements que la marée montante des bruits de la rue recouvrent peu à peu, éteignent.

Deux grands chiens faméliques s'accouplent au milieu de la chaussée avec une frénésie sombre, butée, qui, soulève sur leurs reins des plaques de poil mouillé. Un essieu de roue les heurte ; ils disparaissent en hurlant dans une venelle soudés l'un à l'autre. Deux vieux se mettent à les imiter. On les applaudit, on les excite en braillant. Les insanités joyeuses crépitent. Leur peau de bure chiffonnée et usée jusqu'à la trame, leurs yeux humides que la conjonctivite ensable, leurs lèvres retroussées sur la barre édentée de mâchoires que le mastiquage des couennes a poli comme du silex, leur atroce beauté de démons de gargouilles, tout enchante et hypnotise. On scande, en haletant, leur frénétique chevauchée. Ce sont les enfants qui jappent le plus fort. Un nabot vérolé saute à son tour sur le dos d'un grand soudard et feint de le besogner. L'hilarité est à son comble.

Passent encore et toujours des équipages rutilants, des cavaliers aux habits chamarrés, des têtes de cire posées ici et là sur des choux de dentelle, des chevaux aux martingales cloutées d'améthystes.

On les aperçoit encore — mais désormais dans la brume hilare et tremblée de l'ivresse. La fête a chaviré cul par-dessus tête. Les exclus ont changé de bord : ce sont ceux maintenant qui défilent dans leur splendeur givrée. Il n'y a plus de spectacle — seule une vision que chacun provoque à son gré, suspend, chatouille, excite et dissout.

Des fûts ont roulé hors des tavernes proches, avec, dans leurs flancs bombés, le clapotis grave, le sanglot que tous reconnaissent. On s'interrompt au milieu d'une altercation. On tend l'oreille. On s'émeut du gargouillis cristallin qui maintenant s'élance dans les jattes tendues. On suce à dix, à vingt le même bord, on tête le même goulot.

Un manchot, juché sur un tas de paille, porte une gourde à ses lèvres en s'aidant de ses pieds emmaillotés de hardes, et se balançant d'avant en arrière sur son postérieur, lâche dans son gosier, à chaque mouvement de bascule, une gorgée de brandevin. Les enfants fous de joie s'ébattent autour de lui comme une portée de chatons.

Devant la porte d'une auberge, une fille à peine pubère, fine et déliée comme un rameau, verse à boire et, levant la cruche aussi haut qu'elle le peut, livre aux regards, sous ses étroites manches de laine, la niche profonde et moite de ses aisselles. Dans les yeux des hommes qu'elle abreuve passent des désirs fous et carnassiers. A la précipitation goulue avec laquelle ils portent à la bouche la jatte qu'elle a remplie, on pressent qu'ils boivent à même sa peau. Un jeune apprenti qui la traque des yeux serre les dents avec un désespoir qui fait trembler l'angle sec de ses mâchoires. A ce brasier qu'elle attise, elle oppose une insensibilité ardente aussi — et close —, et ce regard absent, doucement féroce que l'iconographie chrétienne donne aux saintes martyres quand le feu du bûcher lèche leurs cuisses.

Une taquinerie lui arrache soudain un rire rauque, ouvre ses lèvres, livre un bref instant aux voyeurs l'accès de la grotte rose et humide où des dents pointues de loutre montent la garde.

Une heure plus tard, les mâchoires de la nuit ont de nouveau broyé la ville. La foule s'est dispersée, résorbée. Grincements de loquets qu'on pousse, criaillements des clefs dans les serrures, claques sonores des auvents clos à toute volée, ululement âpre des barres de fer virant sur leur axe. Le fil d'une lame a passé, séparant l'os de la chair, la chambre de la rue, le dedans du dehors.

Les venelles sont rendues aux mendiants, aux poivrots que leurs deux jambes ont trahis, aux chiens, aux rats, aux va-nu-pieds attardés qui ont trouvé closes les portes des asiles, aux enfants égarés qu'on retrouvera bleuis à l'aube sous les tas de paille où ils se terrent.

Le gel nocturne suspend jusqu'à l'aube l'écoulement glaireux des eaux sales où se mêle à la merde un sang collé de poils, des restes de soupe, des caillots de graisse. Le grand râle nocturne des embrassements et des agonies agite l'air d'infimes soubresauts. Et la ville entière, doublant la clôture même qu'elle enserre, dresse ses portes barricadées contre la campagne où rôdent les loups.

La fête amarre quelque part dans l'ombre un navire incendié de clarté, crépitant de musique : le palais du prince de Bade. A l'entour, plus de deux cents équipages délaissés par leurs maîtres se préparent à la traversée de la nuit.

Le froid est vif.

De la robe des chevaux échauffés par la course monte une fantomatique vapeur blanche. On jette en hâte sur les échines d'épais tartans noirs qui traînent au sol. Cochers, garçons d'écurie, laquais, valets, porteurs, se réchauffent de véhéments jurons, de grands éclats de gueule ou de rire qui déraillent dans la glaire épaisse des quintes de toux. Les plus vieux se recroquevillent dans leur houppelande à l'arrière des traîneaux. Comme des diables de leurs boîtes les gourdes de schnaps surgissent de l'entrebâillement des pourpoints. On les tète avec ferveur entre deux rots.

Un porteur turc, colosse de huit pieds de haut, s'est adossé à un arbre et se masse en gémissant le creux des épaules. Il fredonne une chanson de sa composition qui égaye ceux qui se sont tus pour l'entendre. Les courroies dont il s'est délivré oscillent doucement à une branche voisine.

Votre existence ô riches
Ne pèse pas lourd
Dans la balance d'Allah
Mais vos culs aïe aïe
Mais vos culs...
Les avez-vous remplis du plomb
Qui manque à vos cervelles...
Aïe Aïe
Les avez-vous remplis de plomb...
Le monde entier
Ploie sous votre poids
Aïe Aïe
Le monde entier...

Des gueux, qui se sont hissés sur une grille voisine et laissent baller leurs jambes dans le vide, frappent le rythme dans leur mains. Mais un jeune laquais irascible bondit en avant, saisit le Turc à la gorge et l'enjoint à se taire.

— Ravale, chien, ce que tu vomis contre les chrétiens !

— Hé, petiot, répond l'autre en l'écartant calmement de deux doigts, il y a aussi des poux qui se prennent pour l'hyène où ils nichent. Et pourtant elle en tue dix comme eux quand elle se gratte en bâillant. Laisse les riches défendre les riches, les hyènes, les hyènes et les poux, les poux.

On rit. Le jeune cocher fulmine, crache et s'éloigne, jure vengeance. On rit de plus belle.

Un laquais pisse contre un arbre et le jet de son urine que filtre la lueur d'une torche voisine heurte le tronc de plein fouet, s'y fracasse en une poudre d'or.

— L'autre soir, l'Empereur se met en tête de diriger lui-même son orchestre, comme il advient souvent. Et ne voilà-t-il pas que les castrats en profitent pour refuser de chanter et exiger, croyez-le si vous pouvez, une « augmentation » ? Quand on lui demande ce qu'il compte faire avec cette canaille, savez-vous ce qu'il répond ? « Leur céder tout simplement car il se peut que l'opération qui leur a coûté la virilité ait provoqué dans leur cerveau aussi d'importants dommages. »

— C'est un sage, répond le prince de Lichtenburg.

— Un sage ! s'écrie la baronne Fuchs, et la suffocation rosit sa peau laiteuse.

— Mais oui, un sage. Quelqu'un qui ne laisse pas la réalité déranger ses rêves est un sage, non ?

— Diantre ! Je les eusse fait pendre !

— Mais baronne ! De si jolis garçons, si blancs, si gras ! Vous vous eussiez fait des ennemis à la cour !

— Ce ne sont pas les soixante mille gulden par an que coûte à l'Empereur son orchestre qui me chiffonnent — mais que ce soit cette canaille qui les empoche à qui l'honneur de jouer devant si noble audience et un croûton de pain devraient suffire, c'en est trop ! Le roi de France ne paie ni ses musiciens ni ses histrions.

— Mais ses maîtresses...

— Ah ! c'est une dépense convenable ma foi !

— N'allez pas, ma chère, reprocher à l'Empereur de racheter à lui seul par sa vie édifiante tous les péchés de la cour, ni à notre Impératrice Eléonora Magdalena de sauver Vienne entière du sort de Sodome et de Gomorrhe en portant le cilice à même la peau, et des couronnes d'épines autour des cuisses !

— Ne blasphémez pas, mon prince ! Je ne vous connais que trop bien, je sais dans quel état d'esprit coupable vous dites ces choses-là ! Si toutes les dames présentes s'enfonçaient des épines dans les fesses, j'ai peu d'espoir qu'elles eussent toutes ensemble le pouvoir d'acheter votre salut.

— Je craindrais tout au plus qu'en y prenant trop de plaisir, elles ne missent le leur en péril.

— Vous êtes odieux, ma foi !

Tout en parlant, le prince et la baronne Fuchs longent une des galeries qui surplombent l'immense salle des fêtes et s'approchent d'un petit groupe animé que domine l'imposante stature du prince de Salm. Tout à la discussion, aucun des quatre parleurs ne tourne la tête pour regarder descendre de la coupole, dans le chantonnement clair d'une invisible poulie, trois cages d'or suspendues à des chaînes. Dans chacune d'elles, une superbe créature au corps couvert de plumes multicolores se tord voluptueusement sous les affres de la captivité. Balthasar de Lichtenburg renifle bruyamment — comme toujours quand la convoitise le démange — avant de prêter l'oreille aux propos de la vieille marquise Popoli qui paraît très agitée.

— Vous voyez, vous, nos serfs hongrois et nos bons paysans du Danube travailler à autre chose qu'à la terre ? Changer de consistance ? Eux que le vent, la pluie, la neige ont façonnés au cours des siècles en une masse vaguement terreuse ? Vous les voyez vraiment enfermés dans vos... comment dites-vous ?

— Manufactures, marquise.

— Manufactures ! Ah ! quelle folie !

— Pour les y voir, marquise, psalmodie à

bout de patience le prince de Salm, il suffit de les y mettre, bien encadrés par des intendants.

— Ah ! balivernes ! On n'enferme pas des gens habitués à vivre dehors.

— On enferme qui on veut, quand on le veut bien, s'il y va de la prospérité d'un pays. Je vous le répète, la création d'une économie autonome — comme le prône Jean Joachim Becher — est indispensable chez nous ; et nous devons la prendre nous-mêmes en main si nous voulons nous maintenir aux premières loges de l'Empire. Nous sommes riches d'une fortune jusqu'alors insoupçonnée : la force de travail de nos gens que nous ne savons pas exploiter. Nous avons de l'or dans chaque masure où il y a des bras — et les saisons sont longues où ces bras restent à baller ou à caresser les femmes.

La marquise sursaute.

— Vous n'allez pas leur enlever ça aussi ! Vous laissez bien les coqs sauter les poules comme bon leur semble.

Un rictus agacé tiraille les lèvres du prince de Salm.

— Mais marquise, ce qui distingue les animaux des hommes, c'est la mesure dont les premiers font preuve en toute chose. J'irai plus loin, ajouta-t-il en reniflant une prise dans sa tabatière ; nous n'avons pas le choix : d'autres ont flairé ces richesses et mettront le grappin dessus si nous n'y prenons garde. Regardez-les tournoyer autour de nos villes, ces vautours, Juifs, Italiens, Saxons, Nurembergeois, fournisseurs, banquiers, négociants, maraîchers de la finance, cuistres de toute sorte — qui de nous ne leur a déjà emprunté ? Ne parlons pas de l'Empereur ! Ces gens-là, si nous n'y prenons garde, s'assoiront à notre table !

— Comment dites-vous ? jappe la marquise en proie à un frisson.

— Ces gens-là s'assoiront à notre table... après nous en avoir chassés.

— De grâce, faites-le taire !

— Eh oui, susurre le prince de Salm content de l'effet de ce qu'il croit être une boutade, c'est ainsi ! Il est temps de nous apercevoir que nous n'avons pas seulement des droits — mais aussi des devoirs si nous voulons rester les maîtres.

Une ironie glacée fige les traits du comte de Collalto qui s'est contenté jusqu'alors de mordiller sa lèvre.

— Et voilà notre cher Ferdinand, lâche-t-il, qui nous enjoint d'être utiles à l'Empire ! Eh bien, soyons utiles à l'Empire comme le sont déjà les palefreniers, les tondeurs, les apothicaires, les charretiers, les saleurs de choux, les marmitons, les porteurs d'eau, les lavandières, les cardeurs, les portefaix et pourquoi pas les veaux, les vaches, les cochons... Nous serons en bonne compagnie.

Avec le flot de ses paroles, monte en lui une exaspération qui fait trembler son arcade sourcilière gauche et lui arrache un hoquet.

— N'avez-vous rien de plus exaltant à nous

proposer ? s'écrie-t-il, soudain hors de lui ; je revendique pour ma part l'inutilité comme attribut glorieux de ma caste !

Il redresse la tête avec une raideur qui fait saillir les tendons de son cou. Une articulation craque.

— Ah ! tout commence ainsi en effet ! A manier vos propres privilèges avec des pincettes, vous finirez bien par les laisser choir dans la boue. De quoi vous plaignez-vous, Salm ? Tous les Conseils sont entre nos mains, le Conseil aulique, le Conseil secret, le Conseil de guerre. Le royaume entier n'est formé que de la juxtaposition de nos seigneuries. L'empereur n'entérine de son placet que les décisions que nous avons prises. De quoi vous plaignez-vous, sacrebleu !

Le prince de Salm s'obstine :

— Vous êtes tous aveugles. Les revenus de l'Empire se résument à l'impôt prélevé sur les paysans et qui les ruine, au prélèvement de péages qui entravent partout la circulation des marchandises, asphyxient le pays. Et une fois que ces revenus ont été sacrifiés à des largesses concédées aux ordres religieux ou aux particuliers, la Cour se voit contrainte d'emprunter chèrement à ceux mêmes qu'elle a enrichis la veille. Parcours vicieux, fatal ! Il est temps d'ouvrir des voies nouvelles et de cesser enfin d'être tributaire de l'économie étrangère, de...

Le comte de Collalto le laisse parler et son visage anguleux, son corps maigre et félin expriment, sans qu'ils aient bougé d'un iota, le dédain le plus féroce.

— Ah ! je vous arrête, gémit la marquise Popoli en désignant toute l'assistance d'un ample geste de ses bras courts ; croyez-vous vraiment, mon prince, qu'un seul ici parmi nous accepte de payer quatre florins une paire de souliers fabriqués à Linz ou à Kutnà-Hora quand pour quinze ou vingt il peut s'offrir le plaisir de les faire venir de France ? Vous nous connaissez décidément bien mal, vous et votre économiste Becher ! Vous aurez les plus grandes difficultés à nous inculquer une mentalité de boutiquiers.

— Oui, marquise, voilà précisément ce que je déplore ! Pendant que l'aristocratie s'alourdit d'un incroyable faste, une canaille preste, rapide, organisée, habile, calculatrice, monte à l'assaut du pouvoir.

— Eh bien, même si vous devez avoir raison, même si l'humanité doit succomber un jour au règne écœurant du gris et du terne, laissez-nous jouir en paix de notre feu d'artifice ! Connaissez-vous déjà la leçon cuisante et magnifique que donna hier le prince de Lichtenstein à son fils Adam pour n'avoir pas su dépenser en une nuit l'importante somme qu'il lui avait confiée la veille ?

— Non, mais je m'en doute.

— Le vieux prince, sans un mot, lui prit la bourse des mains et... la jeta par la fenêtre.

— C'est en effet le chemin habituel que

prend l'argent chez nous. Il n'y a rien là qui me surprenne.

— Vous êtes décourageant !

— Ah ! marquise, intervient avec feu le comte Collalto, laissez-le donc à ses calculs s'il y prend du plaisir ! Que nous importe à nous ! Le pouvoir dont nous parlons est d'une autre nature. Pour que ces grillons vêtus de noir qui épouvantent tant Ferdinand Salm le détiennent, il faudrait auparavant que tous les hommes sur terre aient été châtrés de leur faculté d'imagination, de leur force délirante. Et ce n'est pas demain la veille ! L'ère du travail en « manufacture », du rendement, de l'enfermement, de la comptabilité et des bilans n'est pas commencée. Le règne des lémures n'aura pas lieu. Le peuple entier lui préfèrera la mort, je vous le prédis. Le pouvoir, le vrai pouvoir, ne se maintiendra au contraire que par l'hémorragie, le ruissellement, la dépense, la démonstration permanente d'une démesure frénétique, le recul des limites ! Le pouvoir ! N'en a que celui qui dépense et se dépense sans compter, celui qui coule, ruisselle, s'épanche et se répand. Plus nous nous répandrons et moins la source tarira. Est-il spectacle plus saisissant en vérité ? Le monde entier ne tient debout que par la puissance du spectacle que nous lui livrons.

Le prince de Salm soutient froidement le regard enfiévré de Collalto, tout en se fourrant une prise dans les narines et profite de ce que celui-ci reprend son souffle pour faire sèchement claquer le fermoir de sa tabatière et rétorquer :

— Illusion optique ! Illusion optique ! La mode est au trompe-l'œil. Je reviens de Rome d'où nous arrive cette bacchanale de l'image, cette folie furieuse. Après l'abstinence presque iconoclaste de la Réforme, nous sommes plus exposés que d'autres à la fascination de ces excès. J'y ai vu à l'église du Gesù la fresque de Giovanni Battista Gauli à peine achevée. Elle fait exploser l'espace avec une frénésie plus excessive encore que celle des fresques de Cortone à la gloire du règne d'Urbain VIII que tous ont admirées au palais Barberini. On y voit une nuée d'anges comme aspirée par une sorte de vulve géante qui bée au giron céleste. Dément ! Un échafaudage, me disais-je, un simple échafaudage suffirait pourtant à me faire toucher du doigt ce simulacre d'espace infini. Voilà à quoi je pense en écoutant Collalto et en considérant notre caste ! Peinte au mur, impitoyablement acculée au mur, ne croit-elle pas planer dans les espaces infinis qui ne sont en vérité que ceux de son orgueil et de sa superbe !

Balthasar de Lichtenburg pose doucement la main sur l'épaule de Salm.

— Il est malheureux, dit-il en souriant, celui qui n'entre pas dans les illusions de son époque ! Et fût-il le seul à avoir raison, je le dis fou. Chaque époque n'est-elle pas un rêve —

un cauchemar parfois j'en conviens — que nous nous devons de faire ensemble ? Celui qui s'en écarte de son plein gré s'exclut. Et croyez-vous vraiment, mon cher prince, qu'une civilisation puisse être autre chose qu'un trompe-l'œil ? Celle dont vous paraissez rêver, bien organisée, prospère, docile, en sera un aussi, mais plus morne, et jouera à se faire passer comme la nôtre pour le reflet incontestable d'une nécessité qui la dépasse, d'une réalité immuable. Partout où des hommes ont été groupés bon gré mal gré dans un ordre, ceux qui les gouvernaient se sont efforcés de faire passer l'agglomérat bizarre constitué au gré des intérêts et des manigances du pouvoir pour une véritable nature. Je ne suis pas dupe, pour ma part. Cette nef des fous — car notre société n'est rien d'autre — en vaut bien une autre, je vous l'assure. Elle a l'avantage à mes yeux de ne se mêler de la prospérité ni du bonheur de personne... et d'en donner pourtant à quelques-uns d'entre nous... Demandez à notre chère marquise ou à notre adorable baronne si elles craignent pour l'avenir de l'Empire.

Les dames se mettent à rire et le prince de Lichtenburg qui trouve décidément la discorde entre Salm et Collalto bien déplacée un si beau soir de fête, en est ravi.

— Je ne me soucie pas même de mon propre avenir, dit en pouffant la marquise, sans parler du vôtre, mon cher prince !

Collalto, excédé par la tournure badine qu'a

prise la conversation, incline gravement la tête sans un mot et s'éloigne.

— Une seule chose est sûre, ajoute-t-elle en riant, je remercie le ciel chaque jour de m'avoir fait naître à ma place et non à celle de mon cocher.

Le jeune comte Sprinzenstein, coi jusqu'alors et qui n'a cessé, mis mal à l'aise par le désaccord des parleurs, de mordiller son pouce, s'incline en bégayant :

— Le ciel vous a octroyé la place que vous méritiez, marquise.

Elle sursaute, piquée :

— Ah ! Balivernes ! Le mérite est bien le dernier pet que lâche le destin ! Le mérite... Croyez-vous qu'un seul ici présent échapperait au gibet s'il était traité comme il le mérite ? Il n'y a plus guère que les jeunes hommes à Vienne, dans la candeur qui caractérise un sexe si peu porté à la réflexion, pour user de tels vocables ! Laissez-moi vous conseiller, *contino,* de ne jamais parler aux gens, ni surtout aux veuves gris pommelé comme moi, de leur mérite ! Ce qu'il vous faut encore apprendre, et qu'on ne sait pas à vingt ans, c'est l'art d'éblouir en déméritant. Voilà ce qui importe à Vienne aujourd'hui !

— Ah ! dit en riant aux éclats le prince de Lichtenburg, il y a décidément plus à apprendre des propos de la marquise que de dix in-folio de philosophie scolastique !

Un tonnerre d'applaudissements couvre ses dernières paroles.

Les deux battants de la gigantesque porte d'entrée viennent de s'ouvrir, livrant passage au char de Diane chasseresse. Un vent venu d'on ne sait où plaque sa tunique à ses cuisses, dessine du pubis aux genoux une raie longitudinale où s'engouffre un pli de l'étoffe.

Un genou saille où roule la bille insaisissable de la rotule et, sous le frémissement du bord de la tunique apparaissent, haut talonnées et meurtrières, des bottes d'or que fait tressaillir le désir contenu de la course.

Aux regards qui, descendus jusqu'à la pointe des bottes, osent encore l'ascension de son corps, s'offrent le profil nerveux de sa croupe d'éphèbe — (elle a viré sur les talons pour voir si ses chiens, d'immenses lévriers aux flancs tailladés par la saillie des côtes, la suivaient) —, l'impérieuse sinuoïde de la ligne dorsale que rompt la torsade de sa haute ceinture, son cou dégagé et sa nuque puissante que zèbrent ici et là des mèches sauvages échappées à la masse relevée de ses cheveux roux.

Un frisson parcourt l'assistance. Certains, pour conjurer le charme, murmurent un nom :

— C'est, dit-on, la plus jeune fille du prince Visconti.

Mais peu sont en mesure d'entendre. Le char entier croule sous le désordre savant d'un carnage de bêtes. Les lourdes têtes oscillent, frôlent le sol, pâmées, fendues en deux par leur gueule ouverte : ourses grimaçantes, sangliers hirsutes, cerfs aux bois gigantesques exaltés de poudre d'or, toute une pyramide velue, sanglante, hérissée de crocs, de sabots et de griffes d'où s'élance, en une érection superbe, le corps lisse et vivant de Diane.

Elle lève un bras, lentement, et tire du long fuseau de son carquois une flèche d'argent. Du geste ample et précis dont elle bande son arc, l'espace entier crépite et se craquelle. Entre les plis du drapé que l'épaule haussée écarte à peine, se profile, dur comme marbre, un sein dont le mamelon ne rosit pas la pointe.

La flèche part et heurte, cent pieds plus loin, à l'extrémité de sa sifflante trajectoire, un vaste miroir qui vole en éclats.

A l'émerveillement de tous apparaît alors une grotte creusée au flanc même des monts d'Arcadie. Une cascade y bondit d'un rocher à l'autre, éclaboussant l'air de ses accords furieux. Des nymphes effarées s'enfuient, laissant claquer au vent, comme la voilure folle de galères démâtées, leurs grands cheveux ouverts.

Et c'est alors seulement que sur la plus haute plateforme rocheuse se révèle aux regards, titubante et altière, la silhouette d'Actéon. La flèche s'est fichée dans son poitrail d'homme-cerf ; il fait trois pas encore — et sa tête, que couronne la menaçante ramure, oscille et se balance, ivre de mort et de volupté. Le sang jaillit, empoisse le pelage et coule entre ses cuisses jusqu'aux pieds, étoilant de fibrilles rouges la cascade. Et l'homme qui, pour approcher la déesse, osa brouiller l'ordre animal, humanesque et divin s'abat de tout son poids, entraînant des rocs dans sa chute.

Tout s'éteint. Un silence moite et crissant. La brève cécité que ponctue l'orgasme et le délire mythique.

Et aussitôt, les battants des portes latérales s'ouvrent grand. Des laquais porteurs de torches viennent rallumer les grands lustres descendus dans l'obscurité à fleur de tête.

Un brouhaha éclatant de voix s'élève dans la lumière retrouvée. Le char et la grotte ont disparu derrière l'eau plane et familière du gigantesque miroir. On s'extasie, on évoque les fêtes passées, les grands spectacles qui saluèrent trois mois durant les noces de Léopold et de feu l'infante Margareta Teresa, le Rossballet, l'opéra de la Pomme d'or, la nef des Argonautes qui jeta l'ancre dans la cour même de la Hofburg, la lutte titanesque des quatre éléments dans le ciel de Vienne, ou encore, deux semaines plus tôt à peine, les tournois de la Favorita Imperiale où l'on vit le duc de Savoie chevaucher, sans selle, sans bride, à demi nu sur une peau de tigre, un alezan fou.

L'antique prince Fondi, dont les os percent la peau parcheminée, ressuscite dans un récit fiévreux la grandiose représentation de *Chi soffre speri* à Rome en 1639 devant trois mille cinq cents spectateurs venus comme le cardinal

Mazarin ou John Milton de toute l'Europe et dont le grand Bernini livra les décors.

Le jeu des comparaisons dresse son solide garde-fou contre le vertige du mythe. On se ressaisit.

L'orchestre joue une partition endiablée de Girolamo Frescobaldi que le murmure ininterrompu des paroles accompagne et tantôt déborde.

La jeune Severina Visconti, redescendue de l'Olympe dans les salons, pour la première fois à Vienne, fait, chaperonnée par sa tante, le tour des groupes. La blancheur éclatante de sa peau, la splendeur carnassière de ses dents qu'un sourire avenant découvre sans trêve et ses prunelles noires où son triomphe a mis le feu, lui gagnent tous les suffrages. L'incognito d'Actéon est levé. On apprend que le prince Stahremberg, grand vainqueur quinze jours plus tôt des tournois de la Favorita Imperiale, ne s'est pas laissé prendre l'honneur de mourir de sa flèche.

Depuis un moment déjà une rumeur venue du dehors surprend. On croit d'abord aux prémices grondeuses d'un orage. Mais le bruit croît et la gênante rumeur se précise : une rixe a éclaté devant le perron entre cochers et laquais, avivée peut-être par la longue attente et le froid. La troupe de domestiques dépêchés sur la place par le majordome y a laissé des boutons de pourpoints, des lambeaux de galons et de rubans, sans parvenir à remettre de l'ordre. On murmure que Louis de Bade eût bien lâché sur ces furieux trouble-fête, quitte à les réduire en hachis, sa célèbre garde montée de cent hatscherers, si elle n'était cantonnée aux abords de Wiener Neustadt sur ordre de l'Empereur. Cette dérisoire perturbation irrite surtout par sa monstrueuse inconvenance. Dans toute la panoplie des sentiments, aucune catégorie ne figure qui soit capable de prendre en charge cette réalité-là : une poignée de larbins trouble les fêtes du pouvoir. Entre la surprise et le mépris, gonfle le furoncle d'une rage assassine. C'est au contentement de tous que le comte de Dietrichstein colporte le mot que vient de proférer Louis de Bade : « J'ai bien dispersé seul à coups de sabre une meute de quatre-vingts chiens devenus furieux ».

Un laquais a frôlé de trop près un candélabre et grillé un pan de sa perruque. Une odeur exécrable de poils brûlés se dégage qui fait rire et tousser. Mais la nervosité s'accroît. L'allegro de Frescobaldi s'élance et enfle, sans vaincre le brouhaha du dehors. Une explosion soudaine fait osciller les lustres, suivie encore de deux éclats. Et dans le silence qui s'étale et que raient à peine au loin quelques cris, bondissent les joyeux pizzicati des violons.

On ne tarde pas à apprendre que le prince de Bade, du balcon d'honneur du palais, a jeté trois grenades au cœur du tumulte.

« Les hôtes dont les chevaux ont souffert ou péri, annonce de sa voix de stentor le majordome, les trouveront remplacés par les meilleurs spécimens des écuries du prince. Quant aux précieuses livrées endommagées, elles sont déjà, précise-t-il, aux mains des couseuses. »

On apprend avec plaisir aussi que le souper est servi et que les divertissements vont commencer dans les salons de l'aile sud.

Ce n'est que vers trois heures du matin qu'on signale les premiers départs*.

Quand, à l'aube, Balthasar de Lichtenburg s'installe dans son traîneau, il aperçoit, à trois pieds de lui sous un arbre, un grand homme recroquevillé qu'un éclat de grenade a dû toucher au ventre. A l'entour, une épaisse couche de sciure noircie. Il reconnaît à son fez brodé le superbe Turc de huit pieds de haut qu'il enviait au prince Stahremberg.

* Cet épisode véridique a été antidaté de trois ans pour les besoins du récit. Le lecteur voudra bien nous en excuser.

Chapitre Cinq

UNE ERRANCE

Ce matin-là quand Johannes se réveilla, il s'attarda longtemps derrière ses paupières baissées.

Il avait toute la nuit erré dans les rues désertes d'une ville aux façades mangées de lichen, hérissées de rhizoïdes dont les filaments poilus s'immisçaient entre les pierres, écaillaient le crépi, gonflaient de craquèlements les sgraffites. De hautes bâtisses aux façades peintes de fresques où tous les corps de métier de la ville étaient représentés suintaient d'une sueur verdâtre, emperlée de bulles. Entre le coutelas de l'équarrisseur et la chair qu'il détachait de l'os, frissonnait le velours humide des moisissures ; la giclée grise de minuscules champignons séparait les doigts du maçon du manche de sa truelle, les pinces du forgeron de la barre ardente qu'elles maniaient et la pointe d'un compas de géomètre s'enfonçait mollement dans une boursouflure du plâtre. Partout la décomposition était à l'œuvre, entêtée, trouée de palpitations — et partout elle avait raison de la pathétique résistance que lui oppose le travail des hommes. Une ivresse nauséeuse envahissait Johannes. Une odeur âcre lui plaquait un bâillon contre la bouche et les narines. Il allait vite, sentant à la peur qui lui sanglait les côtes qu'il était suivi et que quelqu'un dans la ville morte tentait de le rejoindre. Ce n'est qu'à l'instant où il enjambait un fût crevé qu'il aperçut, en jetant derrière son épaule un coup d'œil oblique, la petite forme noire qui le suivait. Le nain sautillant et nu ne tenait son énorme tête sur ses minuscules épaules que par un prodige d'équilibre, dans le funambulesque dandinement des porteurs de calebasse. Il se hâtait, sautillant, bondissant, tirant derrière lui une grosse chose molle et cramoisie et faisait d'un geste de sa petite main sèche et simiesque, signe à Johannes de l'attendre. Mais lui, taraudé par l'angoisse, pressait le pas, et la boue nauséabonde giclait sur ses chausses encroûtées. Un fracas de roues se fit soudain entendre qui se rapprochait à une allure vertigineuse. Johannes tituba, manqua perdre l'équilibre et se retint à un anneau de fer scellé au mur qui lui laissa aux doigts le sang séché de sa rouille. En trois bonds le gnome l'eut rattrapé et se fut niché sous sa houppelande, entre ses jambes. La répulsion le tenait raidi et son cœur battait dans sa gorge à l'étouffer. Les minuscules mains se cramponnaient à ses cuisses, y enfonçaient des doigts griffus que la peur glaçait. La carriole s'approchait, broyant les pavés pourris dans le tumulte de ses roues. Le cocher, debout, vêtu du pourpoint rouge des bourreaux, retint ses chevaux. Et Johannes put voir qu'il tenait à la main le couvercle d'un petit cercueil d'enfant posé à côté de lui sur le siège.

— Il court, il court le fœtus, lui cria-t-il, le fœtus de Son Altesse. Ne l'as-tu pas vu passer ?

Il fit signe que non d'un véhément mouvement de tête, et le corbillard s'éloigna dans une envolée de poussière.

Alors, brusquement, comme une cape dont l'agrafe cède et qui, d'une seule coulée, glisse au sol, la peur quitta Johannes. Son sang se rasséréna dans ses artères, ses organes retrouvèrent leurs accueillantes cavités. Sa main glissée dans l'entrebâillement de sa houppelande rencontra le crâne du gnome, la béance de la fontanelle, la pulsation tendre du cerveau. Quand il se pencha pour écarter les pans du manteau, il vit l'expression de béatitude du visage, les yeux clos, fendus jusqu'aux tempes, les cils collés, la bouche entr'ouverte sur un sourire qui découvrait de pâles gencives édentées, et la peau encore engluée de lymphe, palpitant tout entière comme au goître des batraciens. Il resta longtemps à le contempler. Puis ramassant le coussin de velours cramoisi frappé aux armes des Lichtenburg que le petit avait traîné jusque-là, il le jeta au loin sur un tas de débris où bâillait une mâchoire d'âne.

Ils se prirent la main et se mirent en marche. Ils allaient droit devant eux, les yeux perdus à l'intérieur des choses, enjambant sans trêve des immondices soulevés d'infimes sursauts, des coulées de bourbe épaisse qui suivaient en rampant l'inclinaison des venelles. Et partout montait vers eux la pulsation secrète de la décomposition, le tohu-bohu des molécules, la dissolution orgastique de la matière. Lentement, s'emparaît de Johannes le désir fou d'ouvrir en lui les vannes, de se répandre entier, sang, lymphe, fiente, urine et moelle, de se vider doucement dans le clapotis sourd de l'égorgement. Et à l'instant où il allait s'abondonner, abolir à jamais entre son corps et l'autre la différence, le grincement d'une porte d'armoire où Rési rangeait le linge le réveilla. A la moiteur qui l'enveloppait, il sut — et sa confusion fut grande — qu'il avait uriné dans ses draps.

Il se leva, se vêtit, voulut sortir.

En traversant une antichambre, il aperçut la porte ouverte de la chambre de sa mère, s'en approcha.

Elle était assise dans son lit, les longues mèches de ses cheveux cascadant sur l'oreiller. Il ne l'avait jamais vue les cheveux dénoués — et son visage lui apparut comme une clairière au milieu d'une forêt sombre et sauvage.

— Johannes, dit-elle, Johannes, entre !

Il voulut s'approcher mais ne parvint pas à franchir le seuil de la porte.

— Johannes, répétait-elle.

Elle n'ajoutait rien, ligotée par l'antique consensus de ne rien dire qui importât à un membre du même clan.

Il fit un considérable effort, avança d'un pas et s'entendit dire :

— Pourquoi n'apparaissez-vous plus aux repas ?

Elle se redressa sur ses coudes et ses yeux s'affolèrent de vagues concentriques comme on en voit aux étangs où l'approche d'un promeneur provoque la plongée brusque d'une cohorte de rainettes.

— On ne m'y verra plus, murmura-t-elle lentement.

La surprise fit redresser la tête de Johannes. Il la fixait interloqué — et vit soudain ce qu'il n'avait jamais cru possible : un sourire naître sur ses lèvres, essaimer tout à l'entour une malice vibrante. Un instant ses yeux se brouillèrent, refusant de voir ce qu'ils voyaient— et peu à peu l'incroyable vision se recomposa devant lui. Alors il perçut au chambardement fou de ses propres traits qu'il lui rendait son sourire, lui signifiant ainsi qu'il avait compris.

Puis il s'éloigna à reculons, dévala l'escalier.

Au lieu de sortir comme il l'avait voulu d'abord, il se glissa dans une remise de l'arrière-cour où Wenzel serrait autrefois des hardes et des chiffons. Il fouilla un moment dans un coffre, en sortit un casaquin de bure grossière, des chausses élimées qu'il mit de côté sur un tréteau. Un petit coffret de bois s'en échappa qui tomba à ses pieds ; il l'ouvrit, y reconnut les baies noires de belladone séchées que Wenzel avait plus d'une fois mâchées devant lui. Un désespoir sauvage l'envahissait alors, lui arrachait des bribes de récit, parfois des gémissements. Johannes en prit quelques-unes et les mangea. Dans la pénombre qui l'entourait, il percevait le galop grêlé des souris le long des poutres. Il se laissa choir sur un ballot de foin, attendit. Quelqu'un passa devant la porte qui crachait et jurait. Ses pensées se brouillaient, des fibrilles noires dansaient devant ses yeux. Au bout d'un moment, les muqueuses de sa cavité buccale se desséchèrent, les papilles se durcirent. Il lui sembla que des poils y poussaient. Il éprouvait une soif intolérable mais se défendit de sortir pour l'étancher. De vertigineuses cavités s'ouvraient en lui. D'anciens récits de Wenzel, des images éparses, atroces, s'animaient devant ses yeux.

Il vit Anna, la jeune épouse de seize ans telle que l'abandonnèrent un matin d'août 1645, dans son village de Basse-Autriche, les pillards suédois des troupes de Torstenson. Elle gisait devant le seuil de sa masure — et Johannes eût pu la pousser du pied s'il l'avait voulu. Des soudards avaient relevé ses cotillons, les ligotant d'une lanière de fouet en un énorme bulbe au-dessus de sa tête. Il reconnut son ventre nu, la saillie des os iliaques et les minces sillons bleutés de veines qui séparaient la saillie blonde du pubis de la renflure des cuisses. Et quand Wenzel eut de ses dents coupé la lanière, ouvert le vaste calice des jupes, Johannes put voir le crâne éclaté.

Puis la vision s'éteignit.

Une autre s'enflamma aux poutres où pendaient des peaux de chevreuil.

Aux mandataires de Ferdinand III chargés de la conversion des plus endurcis, Wenzel cracha au visage. Ils l'abandonnèrent en représailles, pendu par un pied à la branche maîtresse d'un noyer. Il se délivra seul et resta boiteux. Toujours Johannes lui envia sa démarche tangante et l'imitait pour voir chavirer à sa rencontre dans la cour les hautes façades. Entre cette pendaison et la dernière dont il décida seul en souverain, s'étira sa vie piétinée, trouée d'indignations rageuses et qui se rallume sous les cendres partout où brûle la colère des hommes.

Johannes ramassa d'une main une poignée de terre mêlée de sciure et s'en frotta le visage jusqu'au sang. Ce réseau dense d'égratignures et de brûlures sur les tempes, les joues, les lèvres, le menton l'apaisa, lui rendit le contour de sa peau.

Le foin sur lequel il était assis commençait de le piquer.

L'effet de la belladone cessait peu à peu.

Il se leva, jeta sur les ballots de paille son tricorne de velours, dégrafa sa vaste cape et la laissa choir au sol ; puis il déboutonna son justaucorps. Au fur et à mesure qu'il se dévêtait, son impatience grandissait et, avec elle, la résistance des boutons et des cordons à glands. Il manqua s'étrangler de son rabat de dentelle, ne se délivra de ses chausses qu'après maintes gesticulations ; il s'agitait comme une fouine dans un filet. Quand il fut en chemise, il retrouva la coordination de ses gestes et commença de revêtir les hardes qu'il avait disposées tout à l'heure sur le tréteau. Dans la cour résonnaient, réguliers et sombres, les coups de hache du fendeur de bois. Les gestes lents et précis que Johannes exécutait maintenant lui apparurent les rites prescrits d'une initiation inconnue. Il s'y pliait avec sérénité. Il s'enveloppa pour finir d'une houppelande râpeuse, trouée aux mites.

Puis il poussa la porte.

Immobile dans le chambranle, il laissa un instant la lumière le visiter, prendre en charge après une imperceptible hésitation son apparence nouvelle.

Il se dirigea vers le mur d'enceinte de la cour, à un endroit où les irrégularités de la pierre permettaient l'escalade. Le larbin, qui fendait du bois à l'autre extrémité de la cour, poussa un sifflement strident en l'apercevant et jeta dans sa direction à toute volée une bûche qui rebondit sur la pavé. En un instant, il fut au sommet du mur, sauta dans la rue d'une hauteur de dix pieds et se sauva à toutes jambes.

Il s'engouffra dans une ruelle, obliqua dans une autre, une autre encore, comme emporté par un invisible torrent. Le vent sifflait à ses oreilles, lui bridait les yeux, lui glaçait le blanc de l'œil et la cornée. Et cette minuscule superficie, d'habitude insensible, accédait soudain à la vie des sensations. Il en éprouvait un délice inconnu.

C'était la première fois qu'il allait à pied dans les rues de Vienne.

Il s'arrêta à bout de souffle. Son cœur battait la chamade. Il épiait les contractions du diaphragme, le halètement des lobes du poumon, la ramification infinie des bronches qu'explorait l'air glacé, le flottement ivre des plèvres.

Il avait accompagné deux mois plus tôt un cousin anglais au cours public d'anatomie que donnait en latin le Dr Wolfstregel. Aucun étranger de marque ne quittait la ville sans avoir assisté à un opéra italien remanié par l'Empereur, à une séance de dissection du fameux docteur et à une grand-messe chez les augustins. Johannes n'oubliait pas l'angoisse qu'il avait éprouvée à voir ce maigre officiant vêtu de noir extraire du thorax béant d'une femme sans tête des viscères, avec la désinvolture d'une servante tirant des oripeaux d'un coffre. Aujourd'hui le ravissement de la course ressoudait en lui les membranes que le Dr Wolfstregel avait détachées. Les lambeaux poisseux montrés à bout de pincette à l'assistance retrouvaient dans l'antre de son thorax leur pulsation originelle. C'étaient les mêmes qu'alors, oui, il n'y avait pas l'ombre d'un doute.

Un coup de fouet qui l'atteignit à l'omoplate le dégrisa brusquement.

Un charretier juché sur des barriques l'injuriait. Johannes se plaqua contre le mur de l'étroite venelle pour livrer passage au charroi. La voiture bringuebalante lui racla en passant la poitrine, et l'homme, parvenu à sa hauteur lâcha un crachat en fouettant ses chevaux.

En même temps qu'une liberté sauvage, il découvrait le peu de prix de son existence haillonneuse.

Une vieille, au seuil de son échoppe, vida son seau comme il passait, détrempant ses chausses d'un liquide immonde. Comme il la tançait âprement de sa maladresse, elle lui montra le poing, le somma de disparaître s'il ne tenait pas à être réduit en bouillie par son fils qui surgit aussitôt de l'arrière-boutique, armé d'un maillet. Il s'esquiva sans demander son reste, claquant des dents, transi.

Quand il passait sur son cheval, la dague au côté, escorté de trois pages, la ville s'écartait sur son passage et rampait, complaisante, étale.

C'était en apparence la même ville, les

mêmes murs, les mêmes échoppes, les mêmes apprentis bruyants qui se poussaient du coude dans les ruelles, les mêmes moines au froc graisseux, un chapelet au côté, les mêmes servantes qui hâtaient le pas, flanquées de deux cabas comme des mules, les mêmes enfants sautillant à cloche-pied sur le pavé, les mêmes monceaux d'ordures, le même fracas de roues et ci et là un hennissement rageur. Et pourtant, il avait suffi de descendre de cheval pour que ce monde basculât tout entier. Sous la ville apparente s'empilaient, stratifiées, pétrifiées, autant de villes que de conditions sociales, sans aucune veine qui les reliât ensemble.

En plaçant par surprise ses yeux devant d'autres orbites, Johannes perdait en un instant ses références et ses repères.

Il se retrouva soudain au détour d'une ruelle, devant la cathédrale Saint-Etienne. Les mendiants s'y agglutinaient, guettant la sortie de l'office. Un inextricable tohu-bohu régnait sur la place. Entre les traîneaux arrêtés devant la « porte géante » et les charrois bloqués se faufilaient sans hâte les passants. Un chanoine aux joues cramoisies qui portait à quelque haut moribond le Saint-Sacrement à domicile houspilla Johannes qu'une bousculade lui jetait dans les bras. Les montants du dais de velours tendu au-dessus de sa tête se mirent à osciller dangereusement aux mains de deux chapelains qui les portaient. Les enfants de chœur qui flanquaient le branlant édifice se cramponnaient à leurs cierges, le visage livide. Un autre, qui suivait, le missel à la main, poussa un hou ! épouvanté. Johannes esquiva tant bien que mal le tumulte et se réfugia dans le cimetière attenant à l'église. Quoiqu'il y régnât une grande animation, la bousculade y était moindre. Il s'arrêta près d'une tombe, déchiffra à haute voix l'inscription.

Toi qui contemples encore debout
La fosse où je suis couché
Dis-toi bien que ta place, ô fou,
Est creusée à mon côté.

Une voix moqueuse s'éleva derrière lui :

Toi qui gîs là charogne
Mangée de hargne et de grogne
Dis-toi qu'un âne encore vivant
Vaut bien dix morts qui furent savants !

Johannes se retourna en riant et vit un grand gaillard suspendu par les aisselles aux traverses de ses béquilles emmaillotées de chiffons. La vivacité de son visage tailladé de cicatrices grossières lui plut aussitôt.

— D'où sors-tu ? demanda le bonhomme en le lorgnant avec une effronterie narquoise. Et, éclatant de rire : — avec ces mains de pucelle !

Johannes les entortilla en rougissant dans sa

houppelande et rétorqua, durcissant son visage :

— Et toi ?

— Moi ah, moi ? Ça ne se voit donc pas ? J'ai traîné aux cotillons d'une gourgandine qui m'a fauché les jambes. La guerre, qu'on l'appelle. Elle ne m'a laissé que la petite jambe entre les deux autres. C'est encore ça, non ? Il y a pire ! Mais toi, d'où sors-tu ?

— Je viens de Prague, balbutia Johannes. J'ai tout perdu et mes parents sont morts.

— C'est vrai, ce mensonge ? murmura le mercenaire en se penchant vers lui jusqu'à lui frôler la joue de ses poils de barbe.

Puis s'ébrouant en soufflant :

— Bah, après tout ! Tu avais donc quelque chose à perdre ? Ah, ce luxe ! Et des parents, bougre !

Et se prenant à rire, il agita une béquille en direction d'un groupe de gueux accroupis près d'un tombeau voisin :

— Hé Ferdl ! Lois ! Lenz ! Le Tordu ! Vous en avez eu des parents, vous ?

Des grognements lui répondirent :

— Des quoi ? des... ah ! A part la gale et des coups de crosse dans les reins, je vois guère ce que j'ai eu !

S'extrayant du monceau de dos ronds, la grosse masse humaine qui avait parlé s'avança en balançant la hure poilue qui lui tenait lieu de tête.

— Ce jeune seigneur a donc eu des parents !

C'est fait comment un gonze qui a eu des parents ? Ça sue du miel ? Ça chie des perles ?

Et il lui empoignait le bras tout en parlant, le serrant à le broyer. Un gémissement rauque dont il fut honteux échappa à Johannes. Mais aussitôt, d'un violent coup de béquille, le mercenaire le délivra de la poigne du sanglier.

— Laisse-le en paix ! Laisse-le entier ! C'est pas beau à voir un jouvenceau pareil ? A peine une ombre de barbe, une peau douce frottée de foutre chaque matin, ma parole ! Mais si, mais si, c'est la recette italienne ; il la connaît, le coquin !

— Grande gueule ! pouffa le soudard.

— Mais si, je te le jure ! Pourquoi les castrats de l'Empereur se chercheraient des amis bien appareillés, je te le demande, si c'était pas pour la liqueur et l'entretien de leur minois. Le reste aussi un peu, je te l'accorde !

Tout en parlant, il couvait Johannes d'un regard trouble et retroussait sa lippe vers ses narines qui palpitaient.

— Le foutre vaut mieux, j'en conviens, que le pus de mes esquarres, dit en jappant de rire un haut squelette qui s'était rapproché ; écartant à deux mains ses mèches pour montrer ses joues trouées de pustules et s'égayant à contrefaire une voix de fillette, il ajouta, en avançant son visage vers Johannes :

— Ah ! un baiser, un seul baiser de ta bouche de fraise et je serai guéri !

Johannes sentait dans son dos l'intolérable

picotement de la révulsion mais se défendit de bouger. Toute une troupe l'entourait maintenant, le tenant aux faisceaux entrecroisés d'haleines vineuses et pestilentielles.

Un gros compère hydropique, gonflé comme une outre, s'immisça dans le troupeau, traînant par la main une vieillarde aux yeux brillants sous ses cheveux embroussaillés.

— Regarde-moi ça, Marie ! Regarde-moi ça ! C'est pas quelque chose pour ta Lottchen ça ? C'est pas joli, non ?

Une bruyante cacophonie de rires et de commentaires libidineux salua leur arrivée. La vieille fixait Johannes de ses yeux malicieux :

— Tant que je tiendrai debout, lui pas plus qu'un autre ! Ma colombe est pas pour un gueux. Et le premier qui l'approche, je lui plante un pieu dans le bas-ventre comme au boiteux.

— Ah Marie, que seuls les poux bécotent ta fille, c'est pas justice ça, c'est pas justice ! C'est pas comme Dieu l'a voulu !

— Dieu, mon agneau, c'est ma fille qui l'a sous ses jupes ! Je la donne à un prince et c'est tout ! Gare à qui la touche !

Tout en gueulant, elle brandissait son poing aux doigts crochus par l'arthrite et fixait Johannes de ses yeux qui pétillaient.

— C'est pas faux, ajoutait-elle en bougonnant, c'est pas faux qu'il est joli le petiot !

— Ça se prétend une mère, claironnait un soudard, et ça refuse à sa propre fille par le froid qu'il fait quelque chose de chaud dans le ventre !

Les rires secouaient les épaules, dérapaient dans la glaire, la toux, le crachat.

— Chapelets de boudins, va, monceaux de couilles, braillait la vieille en enfonçant avec frénésie ses coudes dans les thorax voisins.

Un cri redressa les têtes :

— A vos gardes, gentils damoiseaux ! L'infante arrive !

Une haie burlesque se forma ; sous la croisée des bâtons et des béquilles s'avançait Lotte. Tout ce remue-ménage l'avait tirée du recoin où elle somnolait, recroquevillée. Elle avança tout droit vers Johannes — et son regard fixe était celui des enfants qui, devant la malédiction du réveil, s'attardent sur la passerelle des transes. Elle ne s'arrêta de marcher que quand elle eut heurté sa poitrine. Et la surprise que ce choc lui causa la fit bondir en arrière.

Elle claquait des dents et Johannes, s'arrachant aux abysses vertigineux de ses yeux verts, fixait tout hagard ses lèvres tremblantes.

Les gueux se tenaient là, bouche ouverte, immobiles. Pas une esquarre qui démangeât, pas un pou dérangé dans sa succion. Ils étaient là, oublieux de leur corps, reliés par d'invisibles fils à la pulsion du sang des deux enfants. Les cloches de Saint-Etienne se mirent à sonner à toute volée, ramenant d'un seul coup de harpon tous les corps au rivage. Ici la brûlure lancinante d'une plaie, là les crampes d'un estomac vide — on retrouvait sa dépouille où on l'avait laissée. En un instant tous se dispersèrent. La vieille, saisissant Lotte par le bras, l'entraînait. Le parvis résonnait d'âpres querelles ; on se bâtonnait pour les meilleures places. Les fidèles commençaient de sortir. Johannes vit Lotte s'éloigner, s'enfoncer dans le tumulte et disparaître. Aux parois de ses tempes cognait le lourd battant des cloches.

Par une entrée latérale, il se traîna dans l'église, se laissa choir sur un banc. Il restait là à vaquer dans un rêve et n'eût pu dire combien de temps s'était écoulé quand soudain Lotte se trouva assise près de lui.

Sans un regard vers lui, le menton haut, elle fixait la nef.

Il n'osait pas bouger et restait, comme elle, les yeux levés. Le profil clair et impérieux dont il s'était saisi d'un bref regard, planait là-haut à peine entaillé par la croisée des ogives. Et ses boucles noires dégringolaient le long des colonnes, y enroulant leurs acanthes. Soudain, sans que son visage eût bougé, elle s'empara de la main qu'il laissait baller à son côté. En une fraction de seconde, toute vie déserta le corps de Johannes, afflua au bout de ses doigts.

Lotte écarta les lambeaux de sa jupe et au travers d'une déchirure de l'étoffe glissa entre ses cuisses, contre la fente onctueuse de sa vulve, la main qu'il lui avait abandonnée. C'était sa main. A des milliers de lieues de son corps, la main lourde comme une solive s'enfonçait dans la glaise chaude. C'était sa main — il ne parvenait plus à la rejoindre. Son corps dérivait à l'abandon. C'était la glaise du commencement du monde — celle que troua d'infimes bouillons l'apparition de la vie sur terre. Les doigts enlisés dans la moiteur brûlante, Johannes se crut livré au désastre de la mort, séparé à jamais de son ravissement. Un râle le souleva.

— Lotte ! glapit une voix que parapha le grincement aigre des gonds d'une porte.

La petite se leva lentement, lissa ses jupes, au nom du Père, du Fils et du Saint-Esprit, se signa, un genou à terre.

Une fois encore la porte grinça.

Il était seul.

Il errait maintenant dans la ville, la faim au ventre, épuisé, les pieds douloureux.

Le froid mordait ; les fenêtres éclairées ici et là découpaient des carrés flottants dans l'obscurité grandissante.

— Je vais rentrer, je vais rentrer, se disait-il ; mais il évitait les rues qui l'eussent rapproché du palais, tournait en rond, rôdait, fourbu.

De temps à autre, il portait ses doigts à ses narines, les flairait avidement. Et chaque fois une aigrette de feu s'élançait dans son dos.

Entre deux maisons bancales, sous un auvent

de planches formant remise, des fûts se trouvaient entreposés. Il se glissa dans ce recoin, escalada les barils branlants et tout au fond se roula en boule. Pour se réchauffer, il se frottait, se frappait, se pinçait, gémissait tout haut.

Soudain, dans la pénombre, à deux pas de lui, quelque chose bougea. La terreur le jeta à quatre pattes, il voulut fuir, se heurta, tous poils dressés, aveugle, aux douves cerclées de fer.

Une voix s'éleva qui ne l'atteignit pas d'abord dans sa panique mais qui, dès qu'il l'eut perçue, le rasséréna :

— Ne crains rien, petit, ne crains rien. Je suis là comme toi pour une halte, une petite halte — ne crains rien.

Il s'immobilisa en fixant de ses yeux écarquillés la pénombre.

La lueur tremblotante aux croisées de la maison d'en face lui livra peu à peu le contour du parleur. C'était un vieillard hâve, imberbe.

— Je t'ai laissé entrer ici sans te faire signe au grand risque de t'effrayer, j'en conviens. Ne m'en veux pas. Guigner quelqu'un qui se croit seul est un spectacle pour les dieux. L'intensité qui émane de toi me plaît. Ta main gauche fait la guerre à ta main droite. Et tout ce qui va par deux dans ton corps se livre bataille — ça crisse, ça grince, ça craque, ça bout, ça ulule. Tu as bien de la chance, petit : jamais tu ne connaîtras la paix.

— Qui es-tu pour lire ainsi dans les âmes ? demanda Johannes.

— Un juif.

— Un juif ! s'étonna-t-il ; mais il n'y a plus de juifs à Vienne.

— Il y en a eu. L'Empereur, Dieu le garde, nous en chassa voilà neuf ans quand un charpentier maladroit eut allumé à la Hofburg l'incendie qu'on nous imputa. Entre l'exil et l'abjuration, pas un n'hésita. Nous partîmes le cœur et le dos cassés sous l'angoisse et les ballots. Mais nous avons laissé nos morts ici. Nous reviendrons. Nous y laisserons d'autres morts. Nous reviendrons encore.

— Mais que fais-tu ici, toi ?

— Je viens de Prague. Les quatre-vingts lieues qui séparent Prague de Vienne, je les fais à pied une fois l'an. L'amour rend braves les plus couards. Il n'est pas non plus meilleur onguent contre la chair à vif.

Tout en parlant, il délaçait ses chausses, en extrayait avec un gémissement ses pieds meurtris.

— Ah ! petit, s'exclama-t-il, je ne sais qui tu es ni si tu me vendras pour quarante kreuzers — mais tu m'as plu et Nathanael avait ton âge.

— Nathanael ?

— Mon fils, Nathanael. Il me voit mais il n'a pas d'yeux. Il m'entend mais ne répond pas. Il m'attend mais ne s'élance pas à ma rencontre.

— Il est mort, dit Johannes.

— Tout doux, petit, murmura le vieillard en se passant lentement la main dans les cheveux, tout doux ! — et son regard se perdit. Il est mort, oui — mais il a été vivant comme peu l'ont été. D'autres ont eu des yeux avant lui — mais lui, quand il te regardait, tu pensais : la vie est juste, l'Eternel soit loué ! D'autres ont eu une langue avant lui, mais quand lui parlait, tu te disais : loué soit le Seigneur ! A quatre ans, il savait la Torah par cœur — et quand tu l'écoutais, chaque mot sacré trouvait le chemin de ton âme. C'était mon fils, tu comprends — celui par qui je suis entré au monde, celui qui m'a ouvert les yeux, m'a nourri, m'a appris à distinguer la saveur des mets, m'a tenu la main pour mes premiers pas, m'a enseigné à voir, à entendre, à palper, à sentir. Un fils, tu comprends...

Et sa voix en parlant se faisait de plus en plus ténue — une invisible fêlure dans l'ombre.

— Mon père, balbutia Johannes, ne parle pas ainsi.

— C'est que tu n'as qu'un géniteur, petit, pas de père.

Devant la claire enclave que découpait son visage dans l'ombre voletaient ses mains frémissantes aux doigts qui dansaient.

— Quand je sortais du ghetto vendre mes chiffons, avec Nathanael, les pierres que nous jetaient les enfants sur la Schlagbrücke* ne nous atteignaient pas. Elles ricochaient autour de nous sans nous effleurer. Nous allions main dans la main, le sourire aux lèvres. Crois-le ou ne le crois pas ! Libre à toi d'entrer dans la folie des sages ou de rester devant le seuil ! Une fois pourtant, une fois, une pierre atteignit Nathanael à la cheville et lui brisa la malléole.

Johannes se redressa brusquement :

— Il boita après ?

— Oui, jusqu'à la fin de sa vie.

— Mon seul ami aussi boitait.

— La vie entière boite — la terre boite dans son orbite — et la lune derrière les nuages — et les pensées qui nous visitent s'avancent en boitant — et nos prières — et les jours qui viennent et les jours qui vont — et la mort qui s'avance. Dieu a fait boiteuse la vérité, et boiteux le désir, boiteux le rêve et boiteuse l'espérance. Tout tangue et boite. Et l'amour ouvre la marche en boitant. Il n'y a que la soldatesque qui marche droit.

Johannes ferma les yeux un court instant.

Le vieillard s'était mis debout sur un fût et ses cheveux crêtés de sel et d'écume frôlaient les poutres.

— La douleur, poursuivit-il, avait vidé de sang le visage de Nathanael et bleui ses paupiè-

* Pont qu'il fallait franchir pour aller du ghetto de Leopoldstadt (im Untern Werd) à la ville.

res, ses lèvres. Je le portai, je le traînai jusque chez nous.

Il enlaçait dans l'ombre l'enfant invisible, l'étayait de son épaule et de sa hanche, et tout son corps tremblait.

— Et sais-tu ce qu'en chemin il me murmura dans le cou ? « Père, me dit-il, père, je me suis laissé rejoindre par la réalité des Goyim. Je n'ai pas rêvé assez haut. »

La lanterne d'un convoi qui passait jeta jusqu'au fond du hangar une giclée blême qui éclaira le corps tordu du vieillard, les mains ouvertes qu'il levait au ciel.

— « Père, père, je n'ai pas rêvé assez haut ». Et ce fut un instant comme si, par le toit entrouvert, il s'élevait dans les étoiles.

— « Nathanael, donne-toi à la souffrance comme à la joie. Heureux celui dont les jambes ont été cassées car il s'inventera des ailes. Heureux celui dont les yeux ont été crevés car il rebâtira le monde dans sa tête. » Et crois-le ou ne le crois pas, libre à toi d'entrer dans la folie des sages ou de rester devant le seuil : quand j'eus parlé ainsi, il me sourit — il me sourit puis il se mit à rire. Crois-le ou ne le crois pas, Nathanael se mit à rire.

Et tournant vers Johannes son visage radieux :

— Loué soit le Seigneur ! Loué soit-il pour la souffrance de Nathanael et pour son rire !

Il retomba assis sur le fût, les yeux en fête.

— Comment peux-tu, s'écria Johannes, remercier Dieu pour la haine et le malheur ? »

— Je n'ai pas toujours pu, petit. Longue a été la route des lamentations ! Mais laisse-moi te dire et crois-le ou ne le crois pas : le monde qui nous entoure, le monde de haine, d'ablation, de déchiquetage — ce monde qui élimine en permanence tout ce qui ne sert pas directement les intérêts de la cité — nos désirs, nos jubilations, nos espérances, nos passions — ce monde de broyage n'est terrible qu'à celui qui y *croit*. De toutes les réalités qui les entourent dans un enchevêtrement fou, la plupart des hommes n'en perçoivent qu'une : celle du consensus social. Ils prennent le monde qu'on leur impose pour une réalité insoulevable — et leur existence n'est qu'une interminable asphyxie. Laisse aux lémures leur réalité de lémures. La vie est ailleurs. Loué soit le Seigneur qui a fait le réel inextricable ! Louée soit la faculté qu'il nous a donnée de renverser les perspectives, de retourner les sabliers, de faire du plus profond désespoir la plus haute espérance ! J'ai vu marcher des hommes et des femmes vers le supplice en chantant. J'ai vu, de ces yeux qui te voient, des hommes et des femmes transformer par l'alchimie de l'âme le bûcher préparé pour les anéantir en brasier de leur plus haut désir. Dans l'alambic de nos existences, jour après jour, se réalise la secrète transmutation de nos détresses. De la panse renflée où s'accumulent les liqueurs amères monte l'impalpable vapeur qui se condense au serpentin sinueux de nos mémoires, l'embrume, en emperle les coudes et les spirales avant de s'épandre goutte à goutte au réceptacle de notre attente. Le Grand Œuvre, c'est l'âme qui le réalise. Ne le cherche pas hors de toi-même. Le lieu de la métamorphose est en nous. En nous la pierre philosophale qui transmue le métal de la détresse en or de la jubilation. J'ai mis soixante ans à l'extraire de la gangue de mes jours. Tout ce que nous vivons a sa raison d'être. Tout. Accepte, petit, le chaos du créé jusqu'à ce que sa frémissante ordonnance t'apparaisse. Louée la vie ! Louée la mort ! Accepte tout d'un seul élan. Ne tranche pas dans ce chaos sacré, n'y mets pas ton ordre apeuré. Accueille tout d'un seul élan. Devant l'inextricable enchevêtrement de l'univers créé, ce n'est pas à la résignation que je t'invite mais à l'acceptation passionnée. Et comprends bien, petit, qu'elle n'exclut pas même ta révolte. L'acceptation passionnée inscrit aussi la colère dans les staccatos fous de sa respiration. Contre l'ordre de la cité qui met les hommes au pas, leur barre l'accès au grand frémissement, tu peux crier non ! Contre tout ce qui taille, mutile, élague, déchiquette ton corps, ton âme, tu peux crier non ! Car ce non est encore la forme sauvage du grand *oui*.

Johannes, qui avait oublié le froid, sentait monter en lui comme une fièvre :

— A Vienne, murmura-t-il, personne ne crie non.

Le vieillard hocha la tête :

— Tu n'as pas tort, petit !

Il se mit à fouiller dans sa besace, en sortit un petit sac de lin rempli de graines de courge. Et tout en soupirant : « Vienne, ah ! Vienne ! », il le tendit à Johannes qui y fourra sa main avec empressement. Lui-même, renversant la tête, s'en jeta une poignée dans la bouche. Ils mâchèrent un long moment en silence. On entendait sur la ferrure des fûts le crissement aigre des griffes de rats.

— Pour percevoir les « non » qui montent des plaies de la ville, reprit-il au bout d'un long moment, des caves, des replis, des tanières, des prisons, des asiles, il faut une oreille fine, je te l'accorde ! C'est qu'à Vienne, vois-tu, les bruits de digestion embarrassée, les brouhahas de déglutition, les borborygmes, le gargouillis de la bile et du chyle couvrent toutes les rumeurs. Vienne est une indigestion permanente — une grande poche stomacale qui ne vient à bout de rien, toujours engorgée, toujours alourdie de choux, de lard et de raves — une grande poche gorgée de misères amorphes, de violence larvée, de mépris rampant, d'invasions qui menacent. Tout y grouille à la fois, y macère à demi dissous. Et de temps à autre, des crampes violentes viennent chambarder ce métabolisme apathique, provoquer vomissements, épidémies, massacres, chasse aux femmes — on dit alors sorcières — aux enfants, aux juifs, aux bossus, aux boiteux, aux croque-morts, aux voleurs d'épluchures et de croûtons de pain, chasse à ceux qui pensent et qui, bravant les interdictions, portent sur eux une arme, j'entends : dans leur tête, un point d'interrogation. Mais toutes ces atrocités qui se commettent à Vienne — elles sont en nombre ! — sont parfaitement vaines. Elles ne dégorgent jamais le monstrueux appareil, ne provoquent après l'horreur de la secousse aucun renouveau. Car, vois-tu, ces atrocités, il n'y a jamais personne dans toute la ville qui les ait commises. Le Viennois est le grand absent de son histoire. Toute l'énergie que d'autres usent à voir, à entendre, à comprendre, il la dépense à faire mais à n'avoir pas fait, à voir mais à n'avoir pas vu, à entendre mais à n'avoir pas entendu. Ce gros travail de gommage, de grattage, d'escamotage l'épuise. Il se traîne mou, indolent, ricanant, chiffonné, mâchonné. C'est ce qu'on appelle la bonhomie viennoise, la *Gemütlichkeit !* Car ne t'y trompe pas : le terrorisme sans merci qui règne à Vienne s'appelle : bonhomie. Tout ce qui n'est pas médiocre y est suspect. Tout ce qui n'est pas indolent suscite des ricanements et des haussements d'épaules. Vienne se laisse bercer par l'indifférence infinie que lui inspirent la vie et le mouvement. Et ce que la négligence à vivre a pu gâcher, les lois et les institutions le sanctifient, le perpétuent. Imagine un seul instant toute cette énergie dépensée pour se retenir de vivre, de vouloir la vie, de l'accueillir, et tu seras saisi de vertige. Imagine toute cette énergie nécessaire pour ne jamais dépasser le point d'inertie et tu comprendras qu'elle se condense en abcès morbides que le trop-plein de pus fait crever de temps à autre. Et l'ordre militaire, l'ordre de la cité qui va se resserrant, n'est qu'une variante — bottée, harnachée, sanglée — de ce mépris, une manière efficace d'assurer la pérennité de l'inertie. Un peuple de bonnes gens se laisse bonnement parquer dans l'enclave de l'inertie, s'y engouffre à petits coups de haussements d'épaules. *Na ja,* dit le Viennois — jamais non, jamais oui. *Na ja !* Non-oui. Laissons aller, laissons vaquer ! *Na ja,* après tout, hein ! Ces lois ou d'autres ! Ces maîtres ou d'autres ! Qu'importe, tant que le saindoux remplit les jarres. Et même le jour où les jarres sont vides, *na ja* — un clin d'œil — elles ne le sont jamais pour tout le monde, pas vrai ? Et le matin où, sur une dénonciation anonyme, on vient arrêter ta voisine — celle qui chantait en étendant le linge et qui aidait ta femme à accoucher — ferme tes volets, c'est plus sûr. *Na ja,* ils sauront bien pourquoi ils l'emmènent, pas vrai ? Et surtout ne va pas rater demain à huit heures trente, sur le Graben, son supplice. On l'assoira sur l'escarpolette qu'on inventa pour la venue de l'ambassadeur de la Grande Porte, afin de montrer aux Infidèles qu'on ne badine pas à Vienne avec les lois — (La délégation turque passa d'ailleurs sans s'intéresser au spectacle. Les barbares !)

On l'attachera à une sellette suspendue à deux chaînes. Et, à chaque oscillation que lui imprime le bourreau, la balançoire traversera le feu — une fois, deux fois, à l'aller, au retour. Le chant rauque que la femme module à chaque traversée du brasier, plaît bien. Le Viennois a l'oreille musicienne, c'est connu, non ?

Johannes écarquillait les yeux dans la pénombre. Les paroles du vieillard envahissaient en lui, comme un essaim d'abeilles, la ruche vide préparée depuis longtemps pour les accueillir.

— Toute différence, poursuivait le vieux, toute audace, toute tentative sont ici persécutées. Ah ! ils n'ont pas fini de souffrir, ceux qui ne s'adonnent pas au culte du veau gras de la « bonhomie » ! Et pourtant, pourtant — voilà le paradoxe —, c'est ici que de très grandes choses verront le jour, que des hommes, rendus fous par tant de contraintes, édifieront les plus audacieux échafaudages de spéculations, car, je te le dis : l'effort qu'il faut faire pour se tirer hors de ce marécage est si violent qu'il dégénère *fatalement* en génie.

Et le vieillard se frotta les mains en éclatant de rire.

— Mais ne crains rien ! Ce génie à Vienne ne fait vaciller personne. Il sera, comme il l'a toujours été, soigneusement passé au tamis des modes et des notoriétés. Les prophètes, les artistes, les penseurs, les savants ont même un moyen de se faire pardonner leur non-conformité : c'est de se laisser mourir. Tu veux un exemple ? Prends le cochon. Est-il animal plus moqué, plus méprisé de son vivant ? On réussit pourtant à le rendre entièrement comestible après son trépas — et jusqu'à ses boyaux qui, vidés de leur crotte et rincés aux fontaines, font leur carrière ! Idem pour le gêneur. Après son trépas, rincé de tout le désespoir qui empoisse son œuvre, il est débité en saucisses et en morceaux choisis. La charcuterie est très appréciée à Vienne. Elle est dans tous les domaines le modèle et la référence. Or nous, les juifs, petit, nous nous interdisons la charcuterie viennoise dans tous les domaines, du culinaire au métaphysique !

Tout en parlant il avait ramassé sa besace.

— Malgré le regret que j'en ai, car ta compagnie me plaît, je dois partir.

— Ah ! s'écria Johannes, tendant le bras vers lui pour le retenir, encore un tout petit moment, je t'en prie !

Le vieillard s'avança vers lui et lui caressa les cheveux.

— La nuit est noire et Nathanael m'attend. Souviens-toi, petit, de notre rencontre.

Johannes attendit, prostré, le front sur ses genoux, que le bruit des pas du vieillard eût décru, se fût éteint tout à fait. Puis il se leva comme un automate, soudain vidé de toute pensée, de toute sensation, rabattit sur son front sa capuche et se mit brusquement à courir. Il galopait comme un cheval fou, faisant partout fuir de petits troupeaux sifflants et paniqués de rats, heurtant dans la nuit des échafaudages de bourriches, qui s'écroulaient derrière lui dans un tintamarre. Il ne voyait rien, n'entendait rien, fendait la nuit.

Il arriva au palais, hors d'haleine, le crâne éclaté du martèlement de sa course, gravit en trois enjambées le perron. La lumière l'inonda brusquement, le fit ciller. Deux laquais postés derrière la porte monumentale se précipitèrent le poing levé, archanges vengeurs tout hérissés de galons d'argent qui rutilaient dans la clarté comme des lames nues. Il eut un instant de panique devant l'incongruité folle de leur geste — puis se souvint en un éclair de son accoutrement.

Il arracha d'une main sa capuche et se mit à crier :

— Gredins, gredins, je suis Johannes !

Ils s'écartèrent et restaient là, main levée, pétrifiés de stupeur.

— Gredins, hurlait-il, gredins ! Gardiens du temple des autres !

Et des larmes de colère brillaient dans ses yeux.

Chapitre Six

UN RENDEZ-VOUS

Quand après les fêtes de fin d'année qu'il avait passées dans son palais de Prague avec tout son train de maison, le prince de Lichtenburg rentra à Vienne, il n'eut qu'une hâte, après une audience à la cour : se faire mener du côté de Margareten*.

Il y avait une habitude chère.

Dans le traîneau crissant qui l'emportait, il se laissait aller à ses rêveries. Et lui, de coutume si courtois, rendait à peine leur salut aux passants qui s'inclinaient sur son passage, allant même parfois, tout à la contrariété d'être reconnu et distrait de ses pensées, jusqu'à détourner la tête.

Elle l'attendait. Et vînt-il même après deux mois d'absence, tout se passait comme si elle avait été secrètement avisée de sa venue— du moins avait-il l'agrément de se l'imaginer.

Une jument qu'il avait eue autrefois et qui excellait sur les terrains les plus accidentés sans sa pareille pour la chasse au loup, avait donné au prince des sensations qui n'étaient

* Quartier miséreux situé hors des murs de la ville.

peut-être pas, après tout, d'une nature bien différente. Elle avait, à son approche, une manière inoubliable de tressauter sur ses pattes en tordant le col et le garrot.

Bien qu'il fût grand tueur de bêtes, et peut-être étrangement pour cette raison-là, Balthasar de Lichtenburg percevait intensément ces messages vibrants que lancent au corps des hommes, le corps des bêtes — le grand flux de sang chaud qui les parcourt les uns les autres et contre lequel la présomption humaine dresse en vain ses écluses.

Car comment dire le mélange de fièvre et d'impérieuse nécessité qui guidait son bras quand il enfonçait jusqu'à la garde la lame de son poignard dans le poitrail d'une ourse acculée à un rocher ? Et la gratitude amoureuse qui lui gonflait les veines quand le dernier soubresaut de la mort qu'il lui *donnait* soulevait ce corps énorme aux poils plaqués par la sueur ?

Que de fois n'avait-il pas rêvé en rentrant d'une de ses chasses, dans le demi-coma de l'épuisement, que c'était lui cette fois qui levait vers son exécuteur un mufle aux babines empoissées de caillots de sang et que ses propres pattes griffues et révulsées faisaient voler à l'entour la pierraille avant de se raidir tout à fait ?

Balthasar eût bien été le dernier à savoir exprimer ces choses-là. Aussi l'inconvenance qu'il y a peut-être à se livrer à de pareilles rêveries en se rendant. par la ville, chez une femme désirée ne lui apparaissait-elle pas. (Inconvenance toute relative d'ailleurs si tant est que la personne en question sache trouver l'accès — pour son plaisir — à d'aussi féroces fantasmes.)

Il se passait des mois sans qu'il se souvînt d'elle et soudain, comme ces génies qui surgissent à l'improviste d'une bouteille, elle était là. Ce pouvait être une odeur qui l'amenait : le fumet d'une oie braisée échappée d'un âtre par une croisée entrouverte, une bouffée de chocolat chaud. Ou parfois la brûlure sur la langue de la première gorgée de slivovitz, le frôlement d'un museau frais de levrette sur sa main dégantée. Elle pouvait enfourcher les montures les plus incongrues pour déboucher soudain dans sa mémoire secrète, tous les orifices, tous les sens lui livraient passage. Les petits cris d'une souris dans la boiserie. La sensation de la faim ou de la soif. Du froid. Du chaud. Ou le simple bien-être d'une digestion sans problème. Ce pouvait être une auréole de sueur sous le bras levé d'une chambrière. Un trou dans un bas. Et une fois même, après une interminable cérémonie à la cour, le délectable soulagement qu'il eut à uriner contre la roue arrière de son carrosse.

Il se plaisait à lui raconter chaque fois de quelle bizarre manière il avait été avisé qu'elle l'attendait. Elle en riait aux larmes et lui dévoilait à son tour tous les artifices qu'elle avait mis en œuvre pour supporter sa continence. Parfois, soulevant d'une main preste ses cotillons, elle lui montrait le scapulaire qu'elle avait noué autour de sa cuisse, ou encore, entrouvrant son corset, les médailles saintes cousues à sa chemise. Mais, tout en s'enchantant de ce rituel, il refusait de croire à son abstinence. Ses deux demi-frères, colosses au front bas, qui rôdaient autour d'elle, ne lui semblaient pas de nature à édifier des forteresses contre leurs appétits. Il la taquinait souvent sur ce sujet mais elle s'indignait et le traitait d'impie en le frappant. L'idée de la partager avec ces brutes excitait plus le prince qu'elle ne le contrariait.

N'avait-il pas pour Mia toutes les complaisances ? A l'égal du frétillant poisson-pilote qui guide dans l'océan la baleine fruste et balourde, elle l'entraînait où jamais il ne se serait risqué sans elle. Des mares chaudes et vaseuses de la sensualité la plus scatologique aux abysses glacés de l'eschatologie, Mia nageait à l'aise dans toutes les eaux.

La misère avait aiguisé ses sens. Par un complexe réseau d'alarmes et de signaux elle percevait ce qui se passait autour d'elle. Il n'y avait pas une pulsation qu'elle ne captât à sa manière.

Et le plus étonnant peut-être était qu'elle sût nommer et dire ce qu'elle éprouvait. Elle ne reculait devant aucune image, aucune association qui fût capable de rendre sensible une secousse qu'elle avait éprouvée, une intuition qu'elle avait eue.

Jamais elle ne se fût adressée au seul entendement de son interlocuteur sans alerter en lui la ramification de ses nerfs, le torrent rouge de son sang, ses organes ou sa peau. Et ce don-là, c'est avec les grands prédicateurs de son époque qu'elle le partageait. Il faudrait ajouter peut-être qu'elle n'eût pour rien au monde manqué une messe et qu'elle accueillait les prêches torrentiels comme la terre desséchée, l'averse. Mais cela encore n'expliquait rien car où un Abraham a Sancta Clara eût-il appris son savoureux langage sans les tavernes et les auberges où il avait traîné encore enfant ?

Une chose néanmoins ne peut être niée. C'est aux grands sermons sur la mort et le pourrissement des chairs que Mia devait son sens aigu de la topographie des corps et du désir. Qui parla mieux la peau, l'antre vertigineux des ventres et des thorax, la grande machinerie de mastication, de déglutition, de macération et de déjection ? Qui parla mieux le sang, le sperme, la merde, l'urine, les niches moites où viennent s'incruster pustules et bubons, les points tendres où la pourriture se love et commence lentement d'essaimer ? Qui parla mieux l'inépuisable splendeur des corps que ceux qui eurent mission d'en dire l'exécrable misère ? Et le point de rencontre de toutes les répulsions, le lieu où se groupèrent et d'où partirent les grands exils de la sainteté, l'alpha et l'oméga de l'écœurement — le *corps des femmes* — trouva-t-il jamais depuis chantres plus obsédés, plus pénétrants ? « C'est la peau, gémissaient-ils, la peau de femme qui nous leurre, empaquetage fallacieux, housse mensongère, fourbe enveloppement, sac de satin qui dérobe à nos yeux l'ignoble contenu ! Osons la tirer, cette peau, la détacher des chairs, et ce n'est plus que suintements, moiteurs, purulences et lymphes qui s'écoulent, puanteurs nauséabondes qui se dégagent. De toutes les ouvertures s'écoule un flot sanguinolent. Qui de vous, vociféraient-ils, ne détournerait avec effroi les yeux devant ce mélange visqueux et puant ? Mais le sac, le sac qui contient aussi abjecte mixture, vous le serrez dans vos bras ! Ah ! fous, fous que vous êtes ! »

Au bout de la chaîne jappe la Putain du Reniement — la *Meretrix Apostasiae.* De son sexe béant s'écoulent les torrents sulfureux qui enfument et obscurcissent la terre entière. Les renégats entrent et sortent — à tâtons. Une béance les happe, l'autre les expulse. Engloutis, les voilà aussitôt vomis ou pissés, et entre deux caresses, deux baisers, à nouveau happés, — et ainsi jusqu'à la fin des temps. Ici la machine à fabriquer des corps ronfle et s'emballe, se nourrit de sa progéniture. La *Meretrix Apostasiae* boucle en son ventre le grand cercle de la peur, et scelle l'exclusion du mâle.

A l'autre extrémité de la chaîne, c'est Marie qui s'élance dans la lumière stellaire. Le drapé bleu de sa robe se bombe doucement sous la poussée des seins gonflés de lait. Quel prédicateur ne divagua au milieu d'un sermon à décrire aux fidèles ce corps *permis* — le seul à avoir conçu sans que le sperme l'empoissât — le seul à échapper par la grâce divine à la malédiction du pourrissement ? S'il fut donné à sainte Catherine de Sienne de lécher le sang du Sauveur à même ses plaies, saint Bernard, lui, connut la grâce suprême de boire au sein de Marie le lait dont fut nourri le Christ. Qui ne rêva pareil ravissement ?

Comment Mia lacérée par tant d'images eût-elle pu ne pas sentir, à la sortie de la messe, vibrer son être dans toutes ses parcelles ?

Et le récit que, tout en dénouant ses cheveux, elle faisait au prince des grands offices du dimanche, affolait leurs caresses.

Quand le père Paolo Segueri brandissait, comme autrefois Samson sa mâchoire d'âne, une tête de mort ou un tibia, en exhortant ses ouailles à ne pas perdre de vue leur proche trépas et leur trop probable damnation, Mia sentait le jeu compliqué d'engrenures, d'articulations, de sutures dentées, qui faisait se tordre son squelette sous le capiton généreux de ses chairs. Et quand les disciples d'Andreas Brunner, qui ne prêchaient jamais sans s'être auparavant flagellés, gravissaient en gémissant l'escalier de la tribune, s'agrippant au bois sculpté de la rampe, titubant de douleur, les yeux hors de la tête et lâchant en jappements brefs des cris de suppliciés, la fièvre montait au front de Mia et ses genoux s'entrechoquaient. Quand l'un d'eux se tordait, une torche à la main, pour donner à voir les tourments de l'enfer, l'assistance entière commençait à geindre. Et si, allant jusqu'à imiter saint Bernardin de Sienne qui resta une demi-heure, au milieu d'une homélie, dans l'intolérable position du crucifié, il suspendait ses imprécations d'une convulsion mortelle, les poitrines oppressées haletaient tout à l'entour. Il n'était pas rare qu'on emportât une femme évanouie sur le parvis de l'église — et que Mia éprouvât pour elle de l'envie.

Elle connaissait aussi, lors de certains offices où tous les nerfs avaient été mis à vif, l'orgastique bonheur des larmes lâchées ensemble par mille glandes lacrymales — cet instant fou où le point de fusion se trouvant soudain atteint, la tribu entière fondait en un seul sanglot.

Elle le décrivait en tremblant.

Mais ce que la suffocation mystique réussissait, l'explosive décharge du rire le pouvait aussi. Personne alors qui ne s'offusquât du brusque passage des larmes à l'hilarité, du vertige métaphysique aux convulsions qui désopilent. Et Mia, en saltimbanque du sentiment, réussissait les distorsions les plus ahurissantes. Les jeux de mots graveleux, les historiettes scatologiques d'un Abraham a Sancta Clara lui étaient aussi inoubliables que les extases qu'il lui donnait. Et les mille farces, friponneries, tours de passe-passe, gestes obscènes, audaces criminelles dont l'église était le théâtre, l'enchantaient pour le moins autant que les grands rites de la liturgie.

Un matin, c'était un enfant de chœur qui se prenait les pieds dans sa robe et manquait entraîner l'officiant dans sa chute ; le jour d'après, une douairière chatouillée par une main malhonnête distribuait des soufflets à des notables ahuris pendant que le coupable s'esquivait. Une autre fois, montait le cri horrifié du prêtre auquel un acolyte somnolent versait en place et lieu du vin de messe le vinaigre préparé pour les pâmoisons. On se gaussait le dimanche d'après d'une riche bourgeoise dont les précieuses broderies du dos de sa robe avaient été découpées par un voleur hardi, pendant l'élévation, et qui exhibait soudain sans le savoir les raccommodages de sa camisole.

Mais il arrivait aussi que tout culbutât dans une foire sauvage, comme en ce dimanche de l'Ascension où, offusqué, un haut dignitaire espagnol quitta les lieux. Quand fut lâchée la colombe qui figurait l'Esprit-Saint, enfants, jeunes et fous lui firent la chasse, escaladèrent bancs, chaire, autel, se hissèrent aux pilastres et, quand ils se furent emparés du volatile, le plumèrent, vendirent son précieux duvet brin par brin. Ce jour-là, exténuée de rires, Mia eut toutes les peines du monde à terminer son récit.

Le prince, mollement affaissé dans ses fourrures, émergea un instant de son exquise transe. Sur la petite place qu'il venait d'atteindre, des enfants joyeux battaient des mains. On entendait au milieu de leur troupe le fiévreux grelot d'un tambourin.

— Ah ! mais, bougre ! Qu'y a-t-il à voir ? cria-t-il au cocher qui aussitôt, retenant ses chevaux, scinda en deux la marmaille à petits coups de fouet. Une bohémienne de douze ans au plus faisait danser au bout d'une chaîne un ours des Carpates. La grosse masse brune et informe tressautait, retombait lourdement d'une patte sur l'autre, cherchant de son groin muselé le creux du cou de sa maîtresse, implorant de ses minuscules yeux suintants un contact, un gnon, une caresse. Mais celle-ci s'esquivait toujours, dansait, bondissait, secouait de son bras levé le tambourin, affolait l'air de vrilles et de torsions — et de temps à autre, agitant furieusement la tête, lui cinglait au museau la soie bruissante de ses cheveux. Le prince, qui dodelinait de la tête, s'ébrouait chaque fois en riant comme si la fillette l'eût tenu au bout de sa chaîne.

Quand elle eut fini de danser, elle se campa effrontément devant le traîneau, bras tendu.

— J'ai deux frères à nourrir.

Il laissa tomber deux florins dans sa main ouverte.

— Pour tes deux yeux, friponne — pas pour tes frères !

— Et mon ours ? rétorqua-t-elle en tendant prestement l'autre main.

— Pour ta petite fourrure à toi, pas pour la sienne !

Elle rafla la pièce qu'il lui tendait et, reculant d'un bond, lui tira la langue.

Le traîneau s'ébranla de nouveau, emportant le prince ravi. Son rêve le balançait mollement du ventre frémissant et creux que dessinaient un instant plus tôt les tourbillons de la jupe aux riches capitons de graisse de Mia, de l'impertinente saillie des tétons de la fillette aux superbes outres gonflées dont les goulots roses durciraient bientôt sous sa langue. Cette collusion dans sa tête de deux géodésies lui donnait le sentiment de l'infini que d'autres vont, au bout d'un télescope chercher dans la voûte céleste.

Balthasar de Lichtenburg se sentait de temps à autre l'obligation de lâcher une molle bordée d'injures à son cocher si lent à se frayer passage dans ce dédale de rues encombrées. Mais à la vérité, les obstacles rencontrés si près du but ne lui déplaisaient pas, qui favorisaient la montée en lui du picotement de l'impatience. En vieux chien d'arrêt qui flaire, halète, quête, il s'excitait des exhalaisons que ce quartier robuste, famélique et grouillant lui lâchait au mufle. Nourriture et pourriture, paillasses moites, choux cuits, sang de menstrues, fades navets, linge moisi, sueur âpre, tout s'y mêlait. Et sur les visages que frôlait son regard sans s'y arrêter, jouait la bassesse, la déchéance, la férocité, la lassitude, la malice, la décrépitude, la brusque fulgurance d'une fierté royale. Il s'imprégnait de ces visions sans que s'enclenchât en lui le mécanisme d'une pensée. L'idée d'arracher Mia à ce quartier, de l'installer ailleurs, ne lui était jamais venue. Et lui fût-elle d'ailleurs venue, il l'eût chassée comme une grossière inconvenance. Mia était d'ici, de ce royaume parallèle où les princes étaient charretiers ou videurs de boyaux, où l'on troussait les filles dans la paille et la vermine. Loin d'appréhender Mia dans ses manques et ses misères, il s'émerveillait de sa différence, de son pouvoir et de sa force. Dans ce cerveau d'où la faculté de pénétrer la détresse d'autrui avait été rognée, rien du moins qui ne décelât l'ignoble bourgeonnement du mépris et de la pitié.

Dans quelques minutes, il s'arrêterait devant sa porte. Deux coins de rues encore, quelques échoppes, le hangar bancal d'un menuisier.

Ce serait comme toujours la mère de Mia, une vieillarde de quarante ans, qui lui ouvrirait la porte, s'abattrait à ses pieds. Il secouerait au bout de son bras pour se dégager d'elle sa lourde masse agenouillée, d'où monteraient les jappements des bénédictions les plus exaltées. Puis il s'engagerait dans l'entrée sombre où s'entassaient les bûches et les fagots de menu bois, flairerait la proximité de Mia. La première chose qu'il apercevrait d'elle en levant les yeux vers l'escalier de bois, serait sous le volant de ses jupes qu'elle soulèverait pour courir, une cheville bien prise aux rets de son bas et d'où monterait, épanoui, le gras fuseau de son mollet. Et tout aussitôt le picotement de ses cheveux fous dans son nez, son odeur, sa chaleur, sa main badine glissée dans son pourpoint à la recherche de la Toison d'or — « Tu l'as mis, ton mouton, aujourd'hui ? » — ou toute autre drôlerie qui le ferait fondre.

Une plainte âcre — uuuh... Le traîneau freina sur la glace. Il était arrivé. Il allait descendre. Mais il se passait une chose étrange ; son corps restait immobile, amorphe. Il se crispa, se renouvela à lui-même l'ordre impératif de se lever. En vain. Un moment encore, son esprit refusa de prendre en charge ce que voyaient ses yeux, de capter le message que l'éboulement de ses organes dans l'abdomen lui lançait. Puis brusquement, sous l'intolérable poussée, la réalité perça sa conscience, l'envahit tout entière. La maison était bien là, oui, mais des planches clouées barricadaient la porte.

— Josip, cria le prince à son cocher, Josip, qu'est-ce que tu attends ! Va donc voir !

Mais Josip ne bougeait pas.

— Suppôt de Satan, hurla-t-il, qu'est-ce que tu attends pour obéir !

Mais Josip, pétrifié, n'entendait pas.

Furieux le prince tira sa dague et l'en frappa du plat de la lame. Le bonhomme sursauta, se leva avec la raideur d'un jouet de bois, disparut dans la cour attenante. On entendit des voix, un échange de propos saccadés, et Josip réapparut au coin de la maison, aussi raide qu'il était parti. Puis soudain, comme fouetté de panique, franchit en trois bonds les vingt pas qui le séparaient du traîneau, sauta sur la banquette et, frappant violemment de son fouet les chevaux, se prit à hurler :

— La Peste, Votre Excellence, la Peste !

Chapitre Sept

LA PESTE

Remontant par le Danube l'antique route des invasions et des épidémies, la Grande Voyageuse était entrée dans Vienne sans tambour ni trompette. Mêlée aux hordes de saisonniers venus de l'est comme chaque automne aider à la vendange, elle s'était faufilée dès l'automne dans la ville et y avait pris ses quartiers d'hiver là où elle ne gênait personne : dans les faubourgs de la misère. Tout au long de la millénaire errance qui l'avait ballottée d'Alexandrie à Tunis, de Smyrne à Tiflis, de Tripoli à Bagdad, de Bâle à Anvers, d'Edimbourg à Lubeck, de Saragosse à Budapest, de Gratz à Florence, elle avait appris à vivre, la Dame en noir, et à jouer la carte partout toujours gagnante : celle du mépris qu'ont les nantis pour les pauvres.

En ce mois de janvier 1679 où Balthasar de Lichtenburg trouvait vide la maison de Mia, les fosses communes, elles, se remplissaient déjà aux abords de la ville. Plusieurs centaines de cadavres y portaient leurs pénates. Mais leurs miasmes restaient captifs sous le givre et la glace. Vienne se laissait bercer par la douce assurance que la mort des pauvres n'infeste pas les honnêtes gens.

Les Diafoirus de Vienne, index levé, y allaient gravement de leur réprimande. « Faut-il s'étonner que la populace qui se donne sans loi ni mesure à la beuverie, à la ripaille et à la fornication succombe au feu français* ou à la contagion morbide que sa dépravation engendre ? »

Morbus contagiosus ... Incognito sous sa capuche, crochetant en toute quiétude les mailles de son filet, la Peste prenait note de son sobriquet viennois.

Les Ordonnances sur l'infection que promulguait en ce même mois le Consilium Sanitatis se faisaient l'écho des semonces et en appelaient au grand nettoiement des âmes et des pas de porte.

« Il n'est qu'un moyen d'apaiser l'ire divine : s'abstenir d'abord de pécher, de blasphémer, de jurer, de forniquer, de se saouler, d'absorber plus de nourriture qu'il n'est nécessaire à la survie (...). Les maisons doivent être tenues propres, les entrées, les paliers, les escaliers, les chambres, les cuisines, les écuries et les cours lavés à grande eau (...). Il ne faut sous aucun prétexte laisser déborder les lieux d'aisances mais puiser le surplus et le transporter en de grands baquets hors des murs de la cité. Idem pour les déchets et les ordures...

* Nom donné à Vienne à la syphilis.

Tout domestique pris à jeter dans la rue os, sang, boyaux et cadavres divers sera exposé au pilori (...). Tout maître surpris à en faire de même devra payer une amende (...). Les grands rassemblements sont interdits. La fréquentation des tavernes et des estaminets, déconseillée ; mariages et baptêmes devront se faire dans la stricte intimité. »

On ne retint de tout cela en haut lieu que ce qui avait trait au juste châtiment de la canaille. Au Dr Paul de Sorbait, mélancolique Cassandre à perruque qui osa le premier baptiser peste l'officielle « infection morbide », le Chambellan courroucé répondit : « Eh bien, même si cela est, Dieu qui sait châtier, mon bon, saura faire preuve aussi de discernement. »

Les sages résolutions, et en premier lieu l'interdiction des grands rassemblements, parurent de plus en plus inconvenantes à mesure qu'approchait le printemps.

Après ce long hiver viennois fouaillé de vents glacés, la première brise montait à la tête.

D'ailleurs la pénitence n'était-elle pas inscrite au programme des festivités officielles ? Avant Pâques même, au vendredi qui précédait les Rameaux, une procession quitta la Burg impériale pour Saint-Michel d'où elle gagna l'église des Ecossais puis Saint-Etienne. Les conseillers suprêmes ouvraient la marche, escortés des ambassadeurs et des ministres plénipotentiaires. Derrière eux, deux par deux, leurs laquais et leurs pages. Puis venaient, tête nue comme à l'accoutumée, les trabans de la Chambre impériale — et à distance, les hauts dignitaires du Conseil puis les grands officiers de l'Empire, flanqués eux-mêmes de trabans et de hatscherers. S'avançaient alors, encadrant le légat apostolique en rochet et camail, les ambassadeurs d'Espagne et de Venise. Et, à la respectable distance de vingt pieds, l'Empereur en personne tout vêtu de velours noir, plumet noir au chapeau, un chapelet dans la main droite. A son côté, grave et raide, l'Impératrice. Suivait, entre le maître des cérémonies et le haut chambellan, l'archiduchesse. Et derrière elle enfin, par deux, les dames de la cour. Le carrosse de fête et la garde impériale fermaient le cortège. Car le lecteur attentif l'aura compris, la rareté de ce spectacle tenait au fait que — fût-ce même sur une passerelle de planches qui leur évitait de patauger dans la gadoue — ces hauts personnages avançaient bravement *pedibus cum jambis*. Voir soudain sur leurs deux jambes ces joyaux présentés dans des coffrets roulants, ces éternels centaures au poitrail chamarré, ces demi-dieux toujours « montés », constituait un spectacle assez édifiant pour que la population entière, agglutinée en grappes, mêlât sueur et haleine.

On ne lésina pas non plus sur le repentir pascal.

Au matin du Jeudi Saint, l'Empereur lava

les pieds de douze pauvres et l'Impératrice ceux de douze pauvresses. Ces vingt-quatre élus recommandés par leur paroisse avaient été, dès l'avant-veille, lavés, épouillés, étrillés, puis entièrement vêtus de noir et de neuf. Dans une grande salle de la Hofburg, deux tables étaient dressées. A l'une s'assirent les hommes par ordre de vétusté. Ils totalisaient ensemble huit cent soixante-quinze années. A l'autre, les femmes qui n'en atteignaient à elles toutes que sept cent quatre-vingt-deux. Cinq cavaliers de haute naissance et quatre jeunes pages leur servirent un repas de trois mets, plus pommes et noix en abondance. Puis on éloigna les tables. Et d'un haut broc d'albâtre à col mince, l'archevêque versa dans le réceptacle de vermeil que tenait un diacre, l'eau destinée aux ablutions. Alors, l'Empereur, vêtu lui aussi de noir et tête nue, mouilla le pied droit de chacun. L'Impératrice en fit de même pour un nombre identique de pieds de femme et noua autour des cous, comme l'Empereur s'en était acquitté pour les hommes, le cordelet d'une petite bourse où tintinnabulaient dix kreutzers. Chacun, quand la cérémonie fut achevée, put emporter son assiette, son bol, sa serviette, son couteau, sa fourchette, son gobelet et son cruchon. Cette prodigalité mettait des larmes aux yeux de plus d'un.

Le lendemain, le Saint-Sépulcre fut dressé dans la chapelle impériale. Un superbe baldaquin le couronnait, chargé de pierres précieuses et décoré des douze signes du zodiaque. Au centre du ciel tendu d'or fin planait dans le vide, comme si d'invisibles anges l'eussent soutenu, le Saint-Sacrement si étincelant de diamants que les regards n'en soutenaient pas le feu. L'Impératrice douairière en fit dresser un autre d'une splendeur non moindre, à Saint-Etienne. Douze colonnes de pur vermeil le soutenaient, enroulées de cordelettes de saphirs et de rubis. Tout au long du jour, un flot continu de fidèles vint se prosterner, le front au sol. Il manquait le soir un diamant de la grosseur d'un œuf de pigeon. Vu la garde qu'avaient montée sans relâche douze diacres autour du « Venerabile », cela confinait au miracle.

Sa pénitence acquittée, Vienne goûta la douceur de l'air. Les rues s'emplirent de nez levés, de démarches sautillantes, de regards enhardis. Les pans ouverts des houppelandes flottaient, les capuches dégrafées s'affaissaient sur les épaules. Des mains relevaient les jupes plus haut que besoin n'était dans les rues boueuses. On eût même surpris une palpitation de narine aux faciès de moines, de nonnes, de vieillards délabrés, de gueux mangés de vérole, de portefaix au dos cassé. Déjà la brise visitait, entre fichu et caraco, les premières gorges qui s'offraient. Tavernes et estaminets ne désemplissaient pas et sous les marronniers en fleurs clapotait déjà, au flanc généreux des barriques, le vin nouveau, c'est dire : la vie recommencée.

Les mois passaient. Une festivité chassait

l'autre. L'arrivée spectaculaire de lointaines ambassades provoquait de gigantesques afflux. Ce fut d'abord, sur leurs barbes fougueux, prompts à prendre le mors aux dents, l'envoyé tatar et sa suite, en caftans rouges, cliquetant des mille sequins dont ils étaient brodés. Puis vint la Foi triomphante : les cinquante carrosses à sextuple attelage du nonce Litta, châsses dorées et vitrées roulant pour la plus grande gloire de Dieu leurs vivantes reliques vers la Hofburg. Suivit quelques jours plus tard, l'ambassade moscovite — deux cents personnes et trois cents chevaux — en un cortège d'une richesse et d'une splendeur telles que, de mémoire de chroniqueur, Vienne n'en avait vu de semblable depuis le règne de Rudolph II. Quant à l'ambassade polonaise, tous pieds glissés dans étriers d'or fin, elle égayait son pompeux appareil, pour la plus grande joie de tous, de chameaux et de mulets carillonnant comme grelots en carême. Le prince ambassadeur Radziwill tint pourtant à montrer qu'il n'était pas d'humeur badine en faisant bâtonner à mort pour « insolentia » deux de ses laquais. On en admira davantage la riche brocatelle de son pourpoint.

Il arrivait pourtant qu'au retour d'un bal, la nuit, les occupants d'un carrosse fussent jetés d'un frisson au fond capitonné des banquettes. Un de ces sinistres tombereaux les croisait, qui emportait vers l'une des portes de la ville, en geignant sur ses essieux, son chargement de morts.

Un commerce s'était mis à fleurir sous le manteau. On achetait à prix d'or pierres précieuses, amulettes et talismans réputés préserver de la contagion. C'étaient tantôt des petits parchemins gravés d'incantations qu'on se nouait, cousus dans des sachets, au cou et qu'on porta plus tard sous la langue. Images pieuses, formules magiques — Abraxas ou Abrakadabra — signes cabalistiques, serpents enlacés autour d'un tau, tout y pouvait figurer. Tantôt des noisettes évidées remplies de vif-argent et scellées à la cire espagnole, tantôt des sachets précieux contenant des poudres d'araignée pilée, de vipère, de scorpion, de crapaud, d'arsenic. On murmurait que le pentacle de la duchesse S. était cousu, comme autrefois celui de Catherine de Médicis, en peau d'enfant. Mais la grande affaire, dans la vie de ces gens, restait encore d'être ou non invité par l'Empereur à un carnage de chevreuils.

Un beau matin de juillet, le cuisinier du comte de Lamberg fut emporté par l'épidémie. Cette mort si près des marmites où mitonnait encore la veille le souper d'un haut dignitaire de la cour, perturba la sécrétion des sucs gastriques et frappa cruellement les esprits.

Un nouveau maître queux se présenta sur-le-champ. C'était l'été continental. Transformant Vienne en un chaudron, il y posa son lourd couvercle.

Désormais tout alla se précipitant.

Les fruits pourrissaient dans les cageots bourdonnants de mouches, le lait tournait à peine trait, viandes et graisses se corrompaient. Les chats levaient à peine un sourcil au passage des rats dont le trot aussi s'alourdissait. Les fosses d'aisances bâillaient jusqu'au ciel leur pestilence.

Et l'épidémie fit rage.

Maisons cossues et palais, tout menaça désormais de flamber. Les victimes se comptaient par milliers. Dans l'air immobile et crissant monta le ricanement sauvage de la Mort.

Ceux qui, comme tiques, avaient vrillé leurs têtes suceuses au corps de l'Etat, pompé richesses et honneurs, furent les premiers frappés d'effroi. Quelles troupes lever contre cette menace ? Contre qui, contre quoi lancer reîtres, dragons, piquiers, cuirassiers, carabiniers ? Quelles gorges trancher ? Quels ventres fouailler ? Quels chairs pourfendre ? Ah ! comme elles paraissaient maintenant bon enfant, ces populations paysannes qui, lasses de financer à la Maison d'Autriche de leur vie, de leur sueur et de leur deniers, son glorieux rôle de bouclier du monde chrétien, inquiétaient de leurs rébellions la Moravie et la Bohême ! Comme on leur était soudain reconnaissant de bien vouloir faire la culbute au feu des mousquets, se vider de leur sang sous les piques et les lances, offrir leur cou à la corde du gibet, leurs pieds et leurs mains à la hache ! N'étaient-ce pas là des ennemis comme on pouvait en souhaiter, avec leur peau à détacher par lambeaux, leur chair à tailler, leur os à broyer ? Mais cette Peste, cette Peste insaisissable qui menaçait en un instant tout ce qu'on avait si chèrement acquis, comme elle faisait horreur ! Qui massacrer ? Même le ghetto de Leopoldstadt était vide. Les dents grinçaient à Vienne.

Le Dr Paul de Sorbait consulté en toute précipitation par l'Empereur, répondit sèchement par l'envoi final de la messe : *Ite !*

La fameuse panacée en trois adverbes d'Hippocrate contre les épidémies gardait aussi à travers siècles et millénaires toute sa vigueur.

Fuir *cito, longe, tarde** comme avaient fui Pierre III le Cérémonieux, Charles Quint, Charles V de France, Louis XI, François Ier, Henri IV et Mohammed le Conquérant. Fuir comme le pape Grégoire XI, Clément VII et Benoît

* Tôt, loin, longtemps.

XIII. Fuir comme avaient toujours fui partout, les corps constitués, les parlements, les présidiaux, les chapitres, les conseils de ville. Fuir comme les notables et les bourgeois. Fuir comme ceux qui ont voiture et chevaux. Fuir comme ceux qui ont où aller.

Le signal du grand sauve-qui-peut était donné.

— N'augmentez pas les risques de contagion ! n'emportez que le minimum, avait encore conseillé Sorbait.

Mais le minimum n'incluait-il pas les bataillons de tonneaux qu'on roula hors des caves ? Les grands stocks de réserves : lard, jambons, jattes de beurre et de saindoux, langues de bœuf, viandes séchées, truites fumées, œufs, farine, pois, choucroute, fruits secs, pâte d'amande, massepains, miel, confiture ? Les coffres de vêtements, d'oripeaux, de chapeaux, de draps, d'étoffes, de tapisseries, de rideaux ? Les cassettes d'or et de joyaux ?

Une ville livrée à la plèbe n'inspire pas confiance. On emportait le minimum tout en tâchant d'en laisser le moins possible.

Pendant toute la nuit, les chandelles brûlèrent. On s'affairait, on ficelait, on empaquetait, on sanglait, on harnachait, on chargeait.

Les cloches sonnaient à toute volée pour agiter l'air, chasser au plus loin les « vapeurs charogneuses ».

On enfumait à tour de bras. Soufre, laurier, sauge, genièvre, tabac, poudre à canon, encens, parfums, toutes les odeurs se mêlaient ; les fortes chevauchaient les douces, les âcres enfourchaient les suaves, les lubriques violentaient les saintes. Le sabbat ivre des effluves embrumait les cerveaux, y faisait bourgeonner d'hallucinantes visions.

Certains voyaient en cette brûlante nuit d'été flotter la Peste dans l'air des rues sous forme de flammes bleuâtres. D'autres reconnaissaient la Vieillarde sous sa capuche qui s'esquivait en ricanant dans un boyau de venelle. D'autres encore identifiaient l'homme au manteau rouge que les Tyroliens virent passer en courant lors des épidémies de 1649 — ou même le diable en personne qui graissa en 1630 à Milan portes et fenêtres, de son onguent pestifère.

Au matin on fouetta les chevaux et la troupe des fugitifs s'ébranla vers les portes de la ville où régnait déjà un indescriptible chaos.

Ceux qui restaient contemplaient avec des sentiments mêlés ce gigantesque branle-bas.

Parmi eux, certains eussent souhaité partir. Mais la longue marche incertaine vers les villages de leur origine où personne peut-être ne les reconnaîtrait, d'où on les chasserait sans doute en apprenant d'où ils venaient, la faim assurée, les longues nuits dans la campagne hantée de loups, toutes ces visions vite égrenées les ramenaient à la raison.

La plupart d'ailleurs ne songeaient pas plus à partir qu'à être hôtes d'honneur chez la reine de Saba. A ceux-là, une longue familiarité avec la mort mettait au cœur une étrange sérénité. Ne s'acheminaient-ils pas depuis leur naissance d'une convulsion à l'autre vers la dernière ?

Il serait abusif de prétendre que tous les démunis de la ville fussent exempts de peur. Mais devant l'imminence du danger, la nébuleuse de menaces qui hantaient depuis toujours leur existence se trouvait soudain focalisée sur un péril unique, et cette concentration libérait en eux de vastes champs d'énergie. A la hantise diffuse et paralysante succédait une confrontation précise que plus d'un ressentait d'abord — le croira-t-on ? — comme un soulagement. Est-il si absurde de penser qu'après vingt années passées à braver les sergents de l'Empire, vingt années de corde raide et de haute voltige, le brigand qu'on amène au bourreau goûte un exquis moment de paix ?

Il n'était pas rare que les fuyards, tapis dans leurs carrosses, un mouchoir vinaigré pressé contre la bouche, eussent à soutenir des regards ironiques. Des pouilleux, agglutinés le long des rues, agitaient des lambeaux de hardes et lançaient effrontément des baisers. Le cocher de la princesse Harrach, rendu furieux par le souhait ambigu que lui lançait un gueux en s'inclinant jusqu'à terre : « Tous mes vœux pour le Grand Voyage », heurta si violemment le malheureux de sa dague qu'il s'alla fracasser la tête contre une pierre angulaire. Le sang répandu apaisait les cœurs que les émotions des derniers jours avaient mis à vif.

Ce même matin, flanqué de son majordome, Balthasar de Lichtenburg entra précipitamment dans la chambre de sa femme qu'à sa grande stupéfaction il trouva au lit.

— Où sont vos malles ?

— Je n'ai pas ordonné qu'on les fît.

— Qu'attendez-vous ?

— Votre départ pour prendre du repos.

Elle crut le voir s'affaisser sous sa vaste perruque.

— Eléonore, dit-il aussitôt se ressaisissant, vous n'avez pas tous vos esprits !

— De nous deux, rétorqua-t-elle, lequel l'emporte en extravagance ? Qui m'assure que vous n'emmenez pas la Peste avec vous dans vos bagages et vos tonneaux ?

— Eléonore, articula-t-il d'une voix détimbrée, une communauté de destin nous lie. Je pars et vous me suivrez.

Elle se dressa sur ses coudes. Un rire bref retroussa ses lèvres sur l'éclair bleuté de ses dents. Ses yeux étincelaient. Le prince fut saisi. Il partageait avec certains hommes une propension à croire féroce la femme qui les contrarie. En une fraction de seconde, il avait reconnu la superbe Salomé imprudemment admirée dans quelque palais italien et qui, de cette mimique effrayante et radieuse, accueillait l'arrivée sur un plateau d'argent de la tête de Jean-Baptiste. Un frisson le saisit. Les paroles d'Eléonore ne lui parvenaient plus que brouillées par le tumulte du sang à son oreille.

— De quelle communauté de destin voulez-vous donc parler ? N'étais-je pas seule pour mettre au monde Johannes et les quatre mort-nés dont vous m'avez gratifiée ? N'étais-je pas seule avec mes fièvres de lait, mes détresses et mes hantises ? Sachez que je préfère la mort, seule ici dans mon lit, à un voyage incertain coude à coude avec des gens que j'abhorre, qui me tourmenteront de leurs regards en coin, de leurs ragots, de leurs historiettes éculées. Il y a longtemps que je suis seule et que je ne tolère plus entre mon destin et moi d'entremetteurs ni d'amuseurs. Je ne viendrai pas, Balthasar, soyez-en sûr. Ne vous laissez pas retarder par de vains pourparlers !

Le majordome qui fixait avec une constance de plus en plus acharnée le lustre au-dessus de sa tête, fut projeté en avant sous la bourrade que lui donnait le prince.

— Qu'attends-tu, animal ? hurlait-il.

Le malchanceux s'esquiva sans demander son reste, évitant encore de justesse le coup de pied qui le visait au tibia gauche.

Cet exutoire si opportun rendit au prince son sang-froid.

— Eh bien, dit-il d'une voix sèche, restez si tel est votre bon plaisir. Et Dieu veuille vous accorder la grâce de n'avoir pas à pleurer sur vos folies.

Il s'inclina, vira sur ses talons. Elle vit que

le tricorne tremblait dans sa main. Comme il atteignait la porte, elle balbutia encore :

— Je n'ai pas le choix. Pardonnez-moi le désagrément que je vous cause. Et veuillez, je vous prie, me laisser Rési et mes filles.

Il se retourna. La condescendance la plus hautaine figeait son visage.

— Il ne sera pas dit, Eléonore, que j'ai abandonné sans soins à Vienne ma femme démente. Soyez assurée que vous ne manquerez de rien.

Elle prêta l'oreille, le cœur battant, au cliquetis des éperons dans l'escalier. Elle éprouvait une vague reconnaissance de ce qu'il lui eût présenté, in extremis en partant, de tous ses visages celui qu'elle avait le mieux appris à haïr.

Un moment plus tard, bondissant nu-pieds de son lit, elle courut à la fenêtre. Tous les équipages étaient alignés dans la cour. Elle en compta quinze. On les devinait au fléchissement des essieux, déjà chargés de leurs occupants. Les rideaux étaient partout tirés ; ici et là, une main les écartait, un œil fixait le perron. Une mince silhouette s'engouffra dans le dernier carrosse. Un visage bâillonné d'un mouchoir apparut brièvement à l'entrebâillement d'une portière. Les cochers s'affairaient sans un mot, vérifiaient ici une courroie, là une sangle. Les pages se tenaient immobiles, près de leurs chevaux sellés. Deux laquais chargeaient une dernière barrique. L'étrangeté de ce spectacle tenait au silence dans lequel il se déroulait. Pas un cri. Pas une interpellation. Même les chevaux se retenaient de hennir comme s'ils avaient été secrètement avisés que la fuite dût se faire en catimini. Le prince apparut au perron, son tricorne à la main, escorté du comte de Zinzendorf. Aussitôt, d'un geste de la main, le majordome donna le signal du départ. Le convoi s'ébranla. Surgie de derrière un portique, la troupe des garçons d'écurie, des marmitons, des filles de chambre qui n'étaient pas du voyage, les regardait s'éloigner. Eux aussi sans un mot.

Ils étaient partis.

Quelque part au fond d'un couloir une porte claqua. Des pas s'éloignaient. Un domestique sans doute. Personne.

Ils étaient partis.

Le fragment de rue visible entre les lances de fer forgé du portail était vide. La réverbération du soleil sur les pavés et les murs à l'entour jetait aux yeux une multitude de vibrions qu'Eléonore s'efforçait de soutenir sans ciller. Ce jeu suffocant l'absorbait tout entière.

De grosses mouches à viande basculées sur le dos au bord de la fenêtre grésillaient comme des gouttes d'huile sur la plaque incandescente d'un fourneau.

Elle reculait aussi loin qu'elle pouvait le moment de mesurer sa solitude.

Ils étaient partis, emportant avec leurs coffres d'oripeaux et leurs tonnelets de schnaps, les étalons de la réalité.

Au fur et à mesure qu'ils s'éloignaient, leur existence, loin de s'estomper, devenait de plus en plus indiscutable, précise, impérieuse : et c'étaient les lieux qu'ils quittaient qui commençaient de s'effriter doucement dans l'irréalité des songes. Leur départ ne transformait-il pas déjà ce hautain palais en une de ces hostelleries de grand chemin où postillons et chevaux s'accordent une halte ?

Ils étaient partis.

La réalité tout entière semblait soudain n'avoir tenu qu'à cette violence quotidienne qu'ils avaient mise à l'imposer. Sous la chape étanche de leur univers, aucun autre n'avait pu germer.

Ces infatigables dispensateurs d'identités, de noms, d'Etats, de lois, de vérités premières s'en étaient allés, ne laissant derrière eux qu'un flou intolérable. Qui veillerait désormais à l'entretien des digues contre les raz de marée de la folie ? Qui ferait respecter à tous les lois de la pesanteur — ces lois essentielles, en vigueur dans les cités bien avant qu'un certain

Newton les eût mises en équations— et qui empêchaient que fous, femmes, enfants, vieillards n'allassent culbuter dans les étoiles ? Qui imposerait à chacun, chaque jour, dès la petite aube, son nom, sa place et sa fonction ? Qui déciderait des tâches à remplir, des lois à subir, des croyances à défendre, des désirs à écarter, des évidences à nier ? Qui désormais monterait la garde ?

A l'angoisse sournoise qui l'envahissait, Eléonore comprenait sa bévue. Leur départ, loin de la soulager, comme elle l'avait escompté, la livrait à la part sauvage d'elle-même. Elle porta la main à son cœur. Déjà rôdait le sang — un murmure, un grognement à peine audible à son oreille. Il rampait d'une veine à l'autre, à la recherche d'une issue par où fuir et s'épandre — ce sang maudit des Monte-Arsini dont personne n'eût su dire pourquoi il avait pris en horreur les corps qui lui donnaient asile. Depuis des siècles déjà, noyant les femmes d'une mélancolie noire et fouettant la fureur au cœur des hommes, il traversait les générations. Semblable à ces archiducs de la Maison d'Autriche qui, dans leurs chasses meurtrières, crèvent un cheval après l'autre, il fonçait, jamais apaisé, jamais assouvi, bondissant d'un corps à l'autre, sur des traces inconnues. Sans doute devait-il en partie sa puissance à la chronique macabre qu'il nourrissait depuis des temps immémoriaux, et qui, chuchotée par les nourrices et les valets, parvenait aux oreilles des enfants et les hantait jusqu'à la mort. Mais, tous ceux dont il avait, dans ses lacs, tenu l'existence, s'étaient efforcés en vain de le distraire d'eux. Rien n'y faisait : ni la munificence la plus glorieuse, ni le dénuement des mortifications. La seule chose, disait-on, qui le calmât était la vue d'un autre sang. Dès que tombait le rideau rouge de la rage meurtrière et qu'il voyait soudain, par les yeux injectés, l'autre sang répandu — comme un enfant s'émeut à la vue d'un autre enfant — le sang des Monte-Arsini s'apaisait. Que l'Histoire dût à cette Maison tant de « vaillants guerriers » et de maîtres implacables n'était pas le fait du hasard. A sentir le leur rôder impatient en eux, comment n'eussent-ils pas fini par croire qu'il est contre nature de laisser un sang bouclé dans un corps, et raisonnable et juste de le faire couler ?

Une mouche à viande butait obstinément à l'angle d'une traverse et d'un montant.

Eléonore fit quelque chose contre la peur.

Pointant son index vers la fenêtre, elle le pressa vivement sur le corps velu d'où montait l'intolérable bourdon. Un infime craquement la révulsa ; mais elle continua d'appuyer de toutes ses forces son doigt que le sang comprimé striait de rouge sur la cloque tressaillante encore éventée d'une dernière vibration d'ailes. Une petite giclée morveuse déborda son ongle. Elle l'essuya au rideau.

Chapitre Huit

UNE TAVERNE

Pendant qu'Eléonore était aux prises avec sa solitude, Johannes regagnait Vienne au galop.

La honte qu'il y a à fuir une ville livrée à la désolation l'avait fouaillé dès le départ. Mais quand il eut constaté à la première étape que sa mère avait osé ce que lui n'avait pas cru possible, il prit la décision de rebrousser chemin.

A la sombre détermination qu'il lut au visage de son fils, Balthasar de Lichtenburg comprit vite qu'il était vain de vouloir retenir par la force un homme de treize ans. Il se contenta de lui griffonner en hâte une missive à remettre en mains propres au prince Ferdinand Eusebius Schwarzenberg.

Contre tous les malheurs du monde — et la décision de Johannes en était un pour lui — rien ne lui paraissait plus indiqué qu'une solide lettre de recommandation.

« Mon cher et vénéré cousin, y disait-il, la vie de ce fils unique m'est, vous ne l'ignorez pas, plus précieuse que la lumière de mes yeux, etc. Je le confie à votre infatigable sollicitude, etc. Laissez-moi me faire le porte-parole de ceux ici qui vous chérissent et vous dire l'admiration que nous inspire à tous le sublime courage et la sainte abnégation dont vous faites preuve, en engageant seul la lutte contre le fléau, etc. Si Vienne n'abritait pas entre ses murs les dix Justes qui eussent suffi à la sauver de l'ire divine, nous sommes du moins assurés, mon cher cousin, qu'elle a trouvé en vous, auprès de l'Eternel, le généreux intercesseur que fut pour Sodome Abraham, etc. »

Cet homme si railleur et libre dans ses propos retrouvait, intacte, la plume à la main, la pompeuse rhétorique que lui avaient enseignée ses précepteurs, ne se doutant pas, comme il advient souvent, qu'on pût écrire différemment de ce qu'on avait appris.

A la vérité, tout en l'enveloppant des bandelettes de la politesse, Balthasar de Lichtenburg soupçonnait le prince de Schwarzenberg d'avoir toujours préféré au noble fracas des armes le grattement des plumes, le froissement des folios et le byzantinisme de l'administration. Il allait même jusqu'à suspecter cet original de nourrir le secret désir d'égaler, en pourfendant la Peste, la gloire jalousée qu'un Raimond de Montecuccoli avait conquise en pourfendant le Turc au Saint-Gothard.

Ces conjectures peu amènes avaient du moins la vertu de le distraire de son chagrin.

Johannes eût préféré partir sans escorte mais son père demeura sur ce point intraitable ; il désigna non sans malice un jeune page occupé pour son malheur à se polir les ongles sur le marchepied de son carrosse. Une colère d'archange qu'on arrache aux délices célestes pour l'envoyer en mission chez Satan fit voler à l'entour ses superbes boucles noires et les succulents jurons de sa Lombardie natale.

Tout au long des trois lieues qui le séparaient de la ville, Johannes put entendre les malédictions dont le jeune homme transformé contre son gré en mentor l'accabla sans répit. Quand il fallut longer une fosse commune à la respectable distance de deux cents pieds, l'odeur devint si suffocante qu'un spasme de vomissement interrompit le flot des *« Madonna putana »*, et des *« Porco Dio »* qui, de ce moment, ne parvint plus à Johannes qu'assourdi par les épaisseurs de dentelles dont son beau compagnon protégeait son visage.

A peine furent-ils parvenus aux portes de la cité que l'archange prit congé. Envoyant en glapissant son jeune maître à tous les diables, il tourna bride aussitôt. Riant tout haut, Johannes le suivit des yeux jusqu'à ce que les tourbillons de poussière que son galop faisait lever, eussent volatilisé ensemble cavalier et monture.

La première chose qu'il aperçut en franchissant le Schottentor* fut une douzaine de gibets dressés où des pendus visiblement frais prenaient l'air. Leur bouche entrouverte sous la poussée de la langue noire et enflée, leur donnait un sinistre air de parenté.

L'unique sentinelle affaissée devant sa guérite éructa grassement en réponse aux questions dont le pressait Johannes. Puis, se décidant pour l'entrée en matière la plus chère aux Viennois, il marmonna d'une bouche pâteuse qu'il n'était pour rien dans cette affaire — ce dont Johannes se doutait bien. De la bouillie de mots qui lui parvint ensuite, il ressortait que le prince Schwarzenberg avait donné l'ordre ce matin de faire pendre aux sept portes de la ville tous ceux qui seraient pris à piller maisons vides et cadavres.

— Les morts de la Peste ne lui suffisent pas ! s'écria Johannes avec colère tandis que la sentinelle, d'un haussement d'épaule agacé, lui faisait signe de passer.

La poussière et la chaleur lui avaient mis la gorge en feu. Il s'arrêta au premier estaminet où un contrevent entrebâillé laissait espérer qu'on versât à boire. Son entrée suspendit les propos enfiévrés d'une demi-douzaine d'apprentis et de pouilleux attablés qui, dans la semi-pénombre, vidaient ensemble un cruchon. La surprise de voir entrer ici un jeune

* Porte au nord-est de la ville.

seigneur tout enfariné de la poussière des grands chemins écarquillait tous les yeux. On s'attendait davantage à l'entendre annoncer l'arrivée imminente des chevaux de l'Apocalypse que de le voir ouvrir la bouche, comme il le fit, pour demander du vin.

Un vieux au visage ratatiné et rieur rompit le premier le silence et, tordant vers Johannes un cou de volatile déplumé :

— Ce jeune seigneur ignore-t-il que le séjour dans cette ville ne vaut rien aux personnes de sa condition ?

— Je tiens à m'en assurer par moi-même, rétorqua-t-il avec brusquerie.

Il s'irritait d'avoir — par la vertu maudite d'un pourpoint brodé— aboli en un instant l'animation complice de ces gens et le brouhaha de propos qu'il eût voulu entendre.

De l'arrière-boutique, où se devinait l'entassement malpropre des paillasses, surgit alors une minuscule fillette qui s'avança droit vers lui et empoigna de sa petite main sèche le cordon à glands de son rabat. La mère effrayée bondit, un nourrisson au sein, pour retenir la petite. Mais Johannes, plus prompt, l'avait déjà hissée sur ses genoux.

Cet épisode dissipa comme par miracle le malaise qu'avait causé son entrée. Les langues à nouveau se délièrent.

Un vieux que le grand âge avait, au lieu de le dessécher comme son voisin, gonflé d'humeurs diverses — dont l'une perlait par les yeux, une autre au coin des lèvres — poussa un profond soupir.

— Ceux, commença-t-il, qui n'ont pas vu ça ne le croiront jamais. Il y aura deux villes, je vous le dis, deux villes. D'un côté : ceux qui ont vu ; de l'autre : ceux qui n'ont pas vu — et entre elles, un fossé infranchissable.

— Mais bougre, grommelait un petit homme roux de poil et de cuir, mais bougre, ce fossé est creusé depuis que Vienne est Vienne ! Il leur faut la Peste pour le voir !

— Balivernes, intervint l'aubergiste, ceux qui ont vu et par hasard survécu n'auront de cesse de ressembler à ceux qui n'ont pas vu.

Le vieillard sec pianotait de ses doigts de bois mort sur le bord de la table et chantonnait :

— Ta la la, ta la la — et ça philosophe, et ça salive et ça salive et ça philosophe. Et pendant ce temps dehors : tssch... tssch... tssch — (Il agitait les mains et imitait une envolée d'ailes) — tsch... tsch... les corbeaux sont lâchés !

Une cruauté enjouée allumait ses minuscules yeux sous la poche avachie des paupières.

— Son Altesse le prince Schwarzenberg a donné l'ordre de libérer tous les gens de corde et de sac, les gras, les maigres, les cacochymes et les bien-portants — tous ! Nous voilà en fine compagnie. Mais ces fripouilles, allez comprendre, trouvent que Son Altesse leur fait là trop d'honneur. Car à peine ont-ils été sacrés ramasseurs et fossoyeurs d'Empire que les voilà qui tombent comme mouches. Et si la Peste ne les cueille pas, c'est, à la moindre entourloupette, le gibet. Une alternative sans charme pour des bipèdes doués de raison, pas vrai ? Ah ! comme tout serait différent si les braves gens de la ville acceptaient de faire leur devoir ! Seulement, voilà : pas un qui y tienne et pas même pour deux florins — car de deux choses l'une : ou bien les braves gens viennent le soir toucher leur solde et le trésorier n'est plus de ce monde — ou alors il en est encore et c'est eux qui l'ont quitté. Voilà pourquoi les corbeaux volettent, Ah, Ah ! libres, libres ! Libres les parricides et les fratricides, libres les nécrophages, les vespillons, les détrousseurs, libres, les malandrins, les vide-goussets, les tirelaines, libres, les coupe-jarrets, les étouffeurs, les étrangleurs, libres, libres ! Libres pour vous servir, messieurs les morts, les presque morts, les bientôt morts — pour vous dorloter, vous saisir, vous hisser, vous charger, vous enfourner dans le trou où les macchabées cuisent ensemble ! Il n'y a qu'un petit ennui, voyez-vous ; c'est que ce sont là gens simples dont pas un ne tiendrait son missel à l'endroit et qui ne savent pas toujours bien distinguer un vraiment mort d'un presque mort.

Il accompagna ses dernières paroles d'une grimace sinistre qu'allumait le pétillement de ses petits yeux. La joie sensuelle qu'il y a à causer des frissons lui mettait au corps un sang neuf.

Un jeune apprenti, lui donnant du poing une bourrade, demanda en riant s'il n'en remettait pas un peu.

— Hé ! s'exclama-t-il en lui rendant son gnon, ris toujours, innocent ! Je n'en dirai pas plus. Demande toi-même à Gustl le borgne — tu le connais, hein ? Il te racontera son aventure. Moi je n'en dis pas plus.

Et il se mit à sucer le bord de son gobelet, tassé sur son tabouret.

— Ne le prends pas comme ça, hé ! Raconte, allez. Tu en crèves d'envie !

Il se taisait, louchait dessous ses paupières chiffonnées, avec la malice doucement vicieuse des aïeules qui se font prier pour égrener, à quelque noce, un refrain.

Puis n'y tenant plus :

— Eh bien, l'autre soir, commença-t-il, ledit Gustl avec un coquin de ses amis se remplit à ras bord comme une barrique. Au coin du Bauernmarkt la terre vient à lui manquer et le voilà qui roule endormi dans un tas de pourriture, rêvant à n'en pas douter — je le connais le maroufle ! — qu'il est au giron de quelque fille à l'odeur forte. L'autre larron s'installe sous un porche voisin et ne tarde pas à ronfler aussi. Un fracas de roues le réveille à la pointe du jour et ne voit-il pas un de ces tombereaux où l'on voyage gratis, croulant déjà sous un monceau de corps, arrêté juste à la hauteur de

Gustl. Deux corbeaux l'empoignent, l'un par les pieds, l'autre par les bras et — schwoup — l'envoient dinguer sur le tas. L'ami, plein comme un âne, écarquille les yeux sans même arriver à lâcher un braiment et se rendort aussi sec, croyant qu'il a rêvé. Mais le plus joli vient encore : je vous le sers sans plus tarder. Voilà Gustl qui au matin s'étire en rotant, tâte à droite, tâte à gauche : partout de la compagnie. Avec quels princes de mes amis, qu'il se dit, ai-je grâce de partager ma litière ? Et le voilà sur son séant. A peine a-t-il compris, que déjà une nouvelle fournée lui pleut sur la tête. C'est sur l'instant que ses jambes le projetant au ciel comme des ressorts, il bondit, s'agrippe au rebord de la fosse, se hisse et déguerpit en glapissant au grand effroi des fossoyeurs.

Le vieux se trémoussait de rire et les menus plis de peau vide sur sa face tressautaient.

— Je l'ai revu ce matin au Fleischmarkt. Il cuve la cuite qu'il a bien été forcé de prendre pour se remettre. A part ça il se porte comme un charme. Son histoire a fait du bruit ; il y a toute une grappe de curieux autour de lui qui le taraudent de questions. « Ben quoi, qu'il répète entre deux rots, ben quoi, il y a pire que ça, non ? » Et comme j'allais partir, un capucin au teint cireux qui, ma foi, semblait avoir fait dans quelque caveau un séjour plus long que Gustl, s'avance et dit : « Mon fils, repens-toi, car il n'est pas dit qu'avant le coucher du soleil, tu ne reprennes pas le même chemin ». Alors, lui, irrité par ce moinillon qui lui chatouille le nez de son crucifix, se redresse et y va de son solo : « Je me ferai pas prier, qu'il dit, pour y retourner mon petit père, parce que là-dedans au moins, vois-tu, on ne sépare pas les fillettes des garçonnets comme à la première communion ; belles et galants, tous sont mêlés : le capucin enlace la bouchère, le boulanger pétrit sa cliente, le forgeron travaille à chaud une novice, le peaussier tâte les peaux, le charretier s'enlise et s'embourbe, le maçon bouche un enfant de chœur, l'apprenti écrabouille son maître, on s'emmêle, on s'entremêle, on s'entrelace, on s'entrecroise, on s'enchevêtre, on s'entrelarde ! » Et le Gustl échauffé, qui s'est dressé sur ses jambes tordues, mime la grande chevauchée — ta ra ra ta ra ra. Ha ! Ha ! — et tous autour de rire à se faire éclater la panse. Le capucin jure et peste : « Dieu saura bien vous plumer, oiseaux du diable ! » Ha ! Ha !

Le vieux, secoué de rire comme il l'était, commençait à se violacer. Son voisin, l'apprenti boulanger, lui donna de grandes claques dans le dos et lui versa à boire.

L'autre vieux, dont coulaient les yeux ensablés de conjonctivite et qui n'avait cessé de hocher gravement la tête, profita de l'étouffement du vieillard sec pour se saisir de la parole :

— Ah ! fous que vous êtes, riez, riez toujours ! Voilà belle lurette qu'à moi le rire m'a passé. Partout où se posent mes yeux, je ne vois que moribonds se convulser dans tous les tourments de l'enfer. Les lazarets débordent. Déjà les nouveaux arrivants sont mis en attente sur des tas de paille devant la porte. Mais depuis longtemps, nombreux sont ceux qui préfèrent, quand leur famille ou leur locataire les ont poussés dehors, crever dans la rue plutôt que partager avec quatre ou cinq autres une paillasse empoissée de chiasse et de vomi. Ah ! riez toujours ! J'ai vu de mes yeux dans la Laternengasse une femme mourante, tout à l'horreur de laisser à l'abandon son nourrisson, lui fracasser la tête d'un pavé.

L'apprenti tourneur à ses côtés, que son teint verdâtre faisait ressembler à ces noyés qu'on tire sur la berge, l'écoutait, le menton sur le poing. Il se mit à parler sans qu'un trait de son visage eût bougé.

— Cette nuit, j'entends japper un chien tout près de moi. Au bout d'un moment, je me lève pour le chasser. C'est pas un chien, c'est une petite assise par terre. Elle tousse pas, non, elle aboie, ouah, ouah. Des gens lui lancent de l'eau par la fenêtre pour qu'elle s'éloigne. Mais elle bouge pas, elle continue d'aboyer, ouah, ouah, comme ça, sans rien voir, sans rien entendre — ouah ouah. Et puis soudain la voilà qui tombe en avant le front entre les jambes écartées. Une fille de cuisine, dépêchée de la maison voisine par sa maîtresse, la retourne du bout de son balai et la fait rouler plus loin. Et on voit le sang qui lui coule du nez toute morte qu'elle est. Ça je l'ai vu, oui, je l'ai vu.

La femme de l'aubergiste, restée debout dans le chambranle de la porte, écarquillait ses yeux paniqués, auréolés de cernes bistres. Et chaque fois qu'elle venait à tressaillir, son nourrisson réveillé d'un sursaut happait en toute hâte le bout mauve de son sein.

Le petit homme roux de poil et de peau dont sourdait une énergie si redoutable qu'il avait paru jusqu'alors uniquement occupé à la mater, se broyant d'une main l'autre dans un craquement d'os et d'articulations, prit à son tour la parole.

— La nature est, dit-il — et l'on sentait au rapport qu'il entretenait avec les mots qu'il avait eu des livres entre les mains — une inventrice redoutable qui ne se lasse pas d'extravaguer, de combiner, de composer, d'agencer. Et la prolixité fabuleuse de ses créations n'a d'équivalent que sa trépidation à détruire. La même allégresse qu'elle a mise à engendrer entre les créatures molles et glaireuses et celles dont la coque est infracassable toute une gamme de bestioles à plumes, à poils, à cuir, à peau, à piquants, à verrues, à écailles, elle la déploie pour varier à l'infini leur anéantissement. C'est à l'avenant ; ou bien tu sèches, ou bien tu coules, ou tu pèles ou tu purules, ou tu squames ou tu bubonnes, ou tu gerces ou tu suppures, ou tu crevasses ou tu suintes et ce que vous appelez d'un seul nom — la Peste — est encore un grand sac d'où chacun tire entre mille jetons le sien, entre mille crèves la sienne. Il y a les sèches, les rauques — ouah, ouah — et celles qui coulent — là tu n'en as pas fini avant de t'être vidé par le haut et le bas. Il y a les muettes et les parleuses — les prostrées et les gueulantes — les dolentes et les furieuses. Tu vois des corps se laisser couler à pic, d'autres se débattre comme des chiots qu'on veut noyer, tu en vois se rouler en boule, d'autres s'arquer et se tendre, tu en vois s'amollir, d'autres trépigner. Il y en a qui, dès l'instant où les premiers frissons se font sentir, décrochent la mâchoire, ouvrent les yeux et fixent ce que tu ne vois pas et le fixent jusqu'à la fin sans un mot, sans un cri, sans un râle ; ce sont les pires parce que tu ne sauras rien de ce qu'ils ont vu. Et puis il y a ceux qui ne s'arrêtent pas de répéter une phrase, toujours la même — ma tête éclate, éclate, éclate — et tu souhaites qu'elle éclate vraiment pour qu'ils se taisent. Ou alors, sans trêve : j'ai soif, soif, soif, soif. Ah ! sers-moi à boire ! Sepp ! Ce sera la mienne de mort, ça. Cette souffrance, je la connais depuis toujours, c'est la plus atroce. Et tu leur ferais couler la cuvée d'un coteau dans le gosier qu'elle ne s'apaiserait pas.

Il vida son gobelet d'un trait. Et tous l'imitèrent. Depuis que Johannes avait fait signe à l'aubergiste qu'il paierait, les cruchons se succédaient sur la table dans un *allegro vivace.*

— Aux rescapés ! lança-t-il en se versant dans la gorge une autre rasade dont il s'inonda le menton. Et puis, poursuivit-il illico, il y a ceux qui, à ta grande surprise, se mettent soudain à parler comme des livres. Tu es là le bec ouvert et tu n'en crois pas tes oreilles. Comme ce servite bouffi affalé l'autre jour au parvis de Sainte-Anne et qui éclipse Sénèque devant moi avant de piquer du nez dans son froc. « Je sens mon corps, qu'il disait, par la souffrance qu'il me fait. J'avais un corps, insensé que je suis et ne le savais pas ! Ah ! que n'ai-je senti chaque parcelle bondir de volupté comme je la sens se révulser, chaque organe exulter comme je le sens qui se convulse. Que n'ai-je senti la caresse des mets glisser dans mon œsophage comme aujourd'hui la brûlure infernale de la soif ! Que n'ai-je prêté l'oreille au fluide et doux murmure de mon sang comme maintenant aux ruades forcenées de la fièvre ! Que n'ai-je joui de porter haut cette tête désormais insoulevable et près d'éclater ! Que n'ai-je eu doux au ventre comme j'y ai mal ! Que n'ai-je senti partout la titillation de la vie où je sens les crocs de la mort ! » Et au moment où tu penses qu'il faudrait le dorer sur tranche et le relier de veau fin, le voilà, jambes ballantes, qui s'en va sur la charrette. Non, rien ne te laisse prévoir de quelle mort ils s'en iront les uns et les autres. Rien. Tout est chambardé.

Ceux qui ont parlé toute leur vie meurent de la silencieuse, ceux qui se sont tus, de l'éloquente, les modestes de la criarde, les fortes gueules de la prostrée, les gueusards de la princière, les fanfarons de la rampante. Ah ! cette débauche ! ce faste ! Elle ne lésine pas, la mort, quand on la laisse flamber. Avant, dix curés en aube et en chasuble, bréviaire en main et chantant des psaumes, escortaient un seul mort. Aujourd'hui un seul curé qui ne chante pas, quand il tient encore sur ses pattes, en accompagne cent. Car c'en est fait de la grande surveillance, du grand encadrement, de la réglementation stricte des trépas. C'en est fait de la garde sévère que montent les cierges et la prêtraille autour des moribonds. Sans les bâillons des *confiteor* et des *miserere nobis,* des actes de contrition et de repentir, la parole peut couler de leur bouche comme un sang chaud et le grand sabbat se déchaîner. Car voilà : il y a aussi — et c'est vous que j'aime, ô mes doux compagnons, ô mes douces compagnes — tous ceux à qui le trépas proche monte au cerveau. Fous, les voilà fous ! Ah ! tu ne sais pas de quoi sont capables, quand le rideau va se baisser, les petites gens que la vie a pressés, broyés, ratatinés, écrasés, malaxés, triturés, racornis, recroquevillés, écrabouillés ! Tu ne sais pas l'énergie lovée dans ces entrailles !

Et le rouquin qui fixait tantôt l'un, tantôt l'autre de ses comparses, braqua un court instant ses yeux étincelants sur Johannes :

— De limaces qu'ils étaient, les voilà lutins, gnomes, farfadets ! De moutons, les voilà loups ! Tu regardes ça et tu te dis : si la colère peut un jour ce que peut l'approche de la mort, c'en sera fait des chaînes et des jougs. Levée, la malédiction du travail et de la servilité ! Levées, la dépendance et la domination ! Levée, la peur !

Puis plongeant aussitôt ses yeux dans ceux de l'apprenti tourneur :

— Ah ! n'attends pas le premier frisson ni la poussée du premier bubon pour devenir fou, pour y voir clair. N'attends pas !

Et chacun de ceux qu'il prenait ainsi à partie semblait, aussi longtemps qu'il se trouvait harponné par son regard, respirer plus vite.

— Qui es-tu ? balbutia brusquement Johannes dont le cœur, mis à rude épreuve par l'agression subie un instant plus tôt et la fascination qu'il éprouvait, battait à tout rompre.

Le rouquin ne répondit pas ; un ironique tressaillement retroussait le coin de ses lèvres ;

— Il est, dit précipitamment l'aubergiste à qui tant d'insolence faisait craindre un esclandre, de la redoutable engeance des moines qui ont jeté leur froc aux orties.

Mais déjà, il poursuivait, enfiévré, jetant les bras en avant :

— Au secours, Dieu est à mes trousses ! Dieu est à mes trousses ! Il court, il court Hansi le savetier, à travers toute la ville, il court, il court. Au secours, qu'il crie, au secours. C'est la première fois qu'il quitte son échoppe où de l'aube à la nuit, toc toc, échine courbée, toc toc, le bonnet sur l'oreille, toc toc, le nez sur les semelles, toc toc, l'œil presque éteint, il cloue, coupe et ravaude. Le voilà qui a jeté au diable son petit marteau et qui cavale comme un kobold, envoyant ses jambes torses dans tous les sens, agitant son bonnet comme un fanal ! Et quand quelqu'un lui lance au passage : « A quoi tu as reconnu que c'est Dieu ! » il crie : « C'est un boucher, compagnons, il brandit un maillet ! Courez, courez, Dieu est à vos trousses ». Dans ce corps biscornu, la vérité cavale ! Et quand le maillet s'abat sur lui, il s'aplatit par terre, le nez dans la poussière. Ah ! cette musique dont retentit la ville, ce motet sauvage braillé par les corps !

Il balançait doucement la tête sous la paille emmêlée de ses cheveux et ses mains poilues battaient la mesure.

— Quel beau concert aussi nous a donné le verrier Schuf, en détruisant toute son échoppe, avant que de partir ! Tu entendais le grand éclat de rire des ballons et des fioles qu'il jetait contre le mur, le ricanement cristallin des coupelles et des petits verres. Tout se brisait dans le ruissellement des cliquetis : vitres, vitraux, fiasques, bouteilles. Quand il lui a fallu mourir, le tyran Sardanapale a fait massacrer ses femmes, ses esclaves et ses chevaux. Schuf, lui, s'en est chargé lui-même. Tout ce qu'il avait soufflé de ses poumons, il l'a broyé de ses poings et de ses pieds en sang !

Et le rouquin, les joues en feu, tambourinait sur la table et martelait le plancher.

— Mais de tous, reprit-il après avoir marqué un arrêt, la plus grande c'est Rosl — Rosl, oui — la femme du tonnelier du Bauernmarkt, celle qu'on ne connaissait que lilas et verte tant son homme la rouait de coups. Elle le voit à l'agonie, lui ôte la ceinture dont il la frottait, la lui enroule autour du cou et la serre, la serre ! Et comme après l'avoir rossée, il la besognait avec frénésie, c'est elle qui saute sur sa bedaine et l'enfourche et le chevauche à travers prés et forêts jusqu'au frais petit ruisseau du dernier spasme. Amen ! Et ses six mioches autour d'elle qui crient taïaut ! taïaut ! taïaut ! si fort que les passants s'agglutinent aux fenêtres !

— Ah ! l'interrompit le vieillard aux yeux qui coulaient, tu es ignoble, tu racontes avec le sourire les pires atrocités...

— Vieux, rétorqua-t-il, les pires atrocités, toi tu t'en apitoies, tu t'en saoules et t'y vautres. Moi, c'est ma fierté d'homme que je cherche à nourrir et non pas ma pitié visqueuse. De la gangue de l'horreur, j'extrais les joyaux du défi. Et je salue, tête haute, la grande mutinerie des corps contre leurs mutilations. Salut à vous, mes frères et mes compagnes ! Salut à vous, les fous et les furieux ! J'écoute en transe monter vos rires du marécage de la désolation !

Mais le vieillard hochait obstinément la tête :

— L'horreur de la Peste, marmonnait-il, ce ne sont pas tes cabrioles qui en viendront à bout !

Le rouquin secoua violemment la tête et se soulevant de son tabouret, les mains appuyées au bord de la table :

— La Peste ? hurlait-il, la Peste ? je ne sais pas même de quoi tu parles, vieux ! Qu'a-t-elle changé la Peste ? Cette ville charognarde où s'entassent cadavres et rescapés est pavé pour pavé ce qu'elle était hier. La Peste, c'est ni mieux ni pire que d'habitude : elle rend visible ce qui est, voilà toute la différence. Elle déballe au grand jour ce qui pourrissait dans les caves. C'est un déballage, un bazar et rien d'autre. La grande machine à déchiqueter le pauvre monde ne chôme jamais. Voilà simplement qu'elle s'emballe et que halètent les axes et les bielles, que sifflent courroies et poulies, que rugissent chaînes et tourillons ! Et vous qui ne prêtez pas l'oreille aux os qui craquent et pètent comme bois sec sous la sujétion quotidienne, vous vous offusquez aujourd'hui du grand broyage. La haine entre pauvres et riches, ne l'aviez-vous pas vu rôder et grogner par les rues ! Ils crient maman et papa, ceux qui voient leurs maîtres boucler les malles et les laisser crever entre eux de famine et d'infection. Ils crient maman et papa à les voir emmener avec eux médecins, apothicaires, chirurgiens et barbiers ! Gardez bien la ville, mes enfants, nous reviendrons après la fête ! Ha ! Ha ! non décidément, amis, la Peste n'est ni mieux, ni pire que d'habitude, elle rend visible ce qui est : la haine à mort, le mépris, l'indifférence. Tu veux me voir gémir et larmoyer, vieux ? Je n'avais pas besoin de la Peste, moi, pour soulever le voile !

Il se laissa tomber sur son tabouret et se versa à boire. Il y eut un silence entrecoupé de soupirs et de marmottements inaudibles. Puis monta le petit ronflement paisible de la fillette qui s'était endormie sur les genoux de Johannes, la joue sur sa poitrine.

Le vieillard sec, que le long silence auquel l'avait condamné l'éloquence du rouquin démangeait depuis un moment, commença d'exécuter une pantomime. Il déroula lentement un invisible rouleau de parchemin, tailla une plume, la trempa dans l'encrier puis se pencha pour tracer sur la table de fantaisistes volutes, annonçant haut :

« Chronique de la Peste de Vienne, rédigée en l'an de grâce 1679 par Scribouillard, historiographe de l'Empereur. »

Puis levant la tête et ricanant du plaisir que lui faisait son invention :

— Eh bien, dit-il, éclairez donc ma lanterne, compagnon ! Elle était quoi votre Peste ?

héroïque ou atroce ? rigolarde ou apocalyptique ? Mettez-vous d'accord, diantre !

— Il a raison, s'écria l'apprenti boulanger occupé jusqu'alors à attraper des mouches. Chacun y va de son couplet depuis un moment ; le petit père pleure, le défroqué ricane, les autres tremblent et toi, le chroniqueur, tu caches mal le plaisir que tu as à voir le monde entier se déglinguer avec ta carcasse. Allez-vous y retrouver dans tout ça !

— Saperlotte ! glapit le rouquin, où va se nicher l'esprit scolastique ! Si les apprentis boulangers ne tolèrent plus les contradictions, jusqu'où ira la fureur des clercs ! Ecoutez-moi, sourds que vous êtes, fils et petits-fils de sourds, et géniteurs de sourds ! Il y avait dans le pays des Géraséniens, qui est vis-à-vis de la Galilée, un fou en qui vivaient plusieurs démons. On l'amena à Jésus pour qu'il le guérisse, mais, lui, qui aimait ses démons comme lui-même, le suppliait de n'en rien faire : « Ne me tourmente pas, Fils du Dieu très haut, ne me tourmente pas ! — Comment t'appelles-tu ? » lui demanda Jésus ; et il répondit — Ecoutez bien, sourds que vous êtes, fils et petits-fils de sourds et géniteurs de sourds —, il répondit : « Légion, je m'appelle Légion. »

Et le ravissement que lui donnait ces mots faisait trembler ses doigts.

— Si je vous amenais par la main la Vérité toute nue et que vous l'interrogiez sur son nom, elle aussi répondrait « Légion ».

— Mais Jésus l'a délivré, ton fou, intervint le vieillard sec en frétillant sur son escabeau.

— Oui. Ce même homme qui courait nu à travers les sépulcres et n'avait point de maison, quand les démons l'eurent quitté, s'assit aux pieds de Jésus et demanda qu'on le vêtît. Et voilà, compagnons, pourquoi j'ai défroqué : un homme qui court me paraît valoir plus cher qu'un homme assis aux pieds d'un autre. A ma santé !

Et saisissant le cruchon par l'anse, il le vida.

— A voir ce que tu descends, rouquin, pas de doute : c'est bien un bataillon que tu désaltères !

Et tous se mirent à rire. Mais déjà il enchaînait :

— Une autre parabole à ma façon pour notre caresseur et pétrisseur de miches. Boulanger, grave-la sur tes couilles car je les soupçonne plus robustes que ta cervelle. Quand tu tiens une vérité, ne la lâche pas que tu n'en aies joui de toutes les façons ; prends-la devant, prends-la derrière. Ne crains pas de commettre avec elle le péché de sodomie — car c'est le devoir de sodomie qu'il faut dire ! Roule-la, tourne-la, retourne-la dans tes bras, jusqu'à épuisement. Car si la logique est le squelette du créé, les contradictions en sont la chair.

Comme il disait ces mots, un fracas de roues tout proche se fit entendre. Tous se mirent à la fenêtre et l'aubergiste écarta prudemment l'auvent. Un charroi passait que le pavé défoncé en cet endroit de la ruelle secouait en tous sens. Les cadavres entassés dansaient la gigue. Jambes et bras tressautaient. Une tête heurtait en cadence le rebord du caisson. Une coiffe de femme, fraîchement empesée, vint rouler devant la porte. Les trois corbeaux qui menaient le charroi virent les buveurs qui les guignaient et leur signifièrent par maintes contorsions obscènes qu'ils eussent aimé rouler avec eux sous les tonneaux.

En hâte l'aubergiste referma l'auvent.

On entendit passer encore comme le trot grêlé d'un petit troupeau, un faible bêlement d'agneau, des hoquets, de vagues sanglots. Tous ici réunis identifiaient la rumeur et se taisaient.

— Qu'est-ce là ? demanda Johannes à voix basse.

— Les enfants des morts, dit l'aubergiste.

C'était l'escorte habituelle. Pour n'être pas gênés dans leur ramassage par ces marmots égarés dans leurs jambes, les corbeaux les maintenaient à distance en les menaçant du poing. Ils suivaient le plus souvent le charroi jusqu'aux portes où les sentinelles leur barraient la route, puis se dispersaient au hasard des rues, les plus grands portant les petits.

Tous continuaient de se taire. Réveillée depuis un moment déjà par tout le remue-ménage, la fillette enlaçait avec une ferveur convulsive le cou de Johannes. Et l'aubergiste essuyait avec un zèle acharné, d'un chiffon raidi de crasse, le gobelet qu'il tenait à la main.

Le vieux sec reprit son jeu de tout à l'heure ; on l'entendait marmonner des phrases entre deux grattements de plume qu'il contrefaisait en griffant de son ongle la surface mal équarrie de la table.

— Dieu lassé dans sa miséricorde infinie par la turpitude de la populace viennoise lui envoya — crrr-crrr — la même calamité que celle dont il châtia jadis les Philistins d'Ashdod. Crrr-crrr. Riches et loqueteux, princes et gueux, enfants innocents et pécheurs endurcis, tous indistinctement furent frappés. Crrr-crrr. On n'entendait de par la ville que gémissements et prières, implorations et râles. Les gardiens et les ministres de la loi — crrr-crrr — malgré l'exemplaire dévouement dont ils firent preuve, se trouvèrent débordés par l'ampleur du fléau crrr-crrr. Bientôt les corps de volontaires ne suffirent plus — crrr-crrr — pour enterrer les morts qui s'entassaient dans les rues. On vit — crrr-crrr — les exemples d'abnégation les plus émouvants. Prêtres, moines et religieuses — crrr-crrr — s'empressaient auprès des moribonds, payant le plus souvent de leur vie leur héroïsme — crrr-crrr. Ceux parmi les habitants qui avaient carrosse et chevaux quittaient parfois la ville — crrr-crrr — à leur grand regret pour tenter de sauver la vie de leurs femmes et de leurs enfants — Crrr-crrr.

Il continua un moment encore de marmotter dans le silence épais qui l'entourait ; mais ses compagnons, assommés par le vin, la chaleur, et hantés de visions vagues et atroces qui, comme une étoffe usée jusqu'à la trame, s'effilochaient devant leurs yeux, avaient cessé de l'écouter. Il finit aussi par se lasser. Deux mouches s'accouplaient au bord de son gobelet. Il les chassa.

Johannes songeait à partir ; mais la répugnance qu'il avait à détacher, doigt après doigt, les petites mains agrippées à son pourpoint et la lassitude qui s'était emparée de lui, le tenaient ligoté à son banc.

Le rouquin affalé sur la table, le front sur son poing, semblait aussi avoir définitivement vidé son sac à paroles. On croyait déjà l'avoir entendu ronfler quand il leva soudain la tête et se dressa sur ses jambes. Par deux fois, ses genoux se dérobèrent, il se retint à sa table. Tous émergeaient peu à peu de leur torpeur pour s'ébaudir de sa trogne apoplectique, de son regard trouble, de sa mâchoire décrochée, de ses trémoussements d'ours dressé sur deux pattes, car aucun spectacle qui les enchantât davantage que celui de l'ivresse. Il grimpa sur le barreau de son escabeau, de là sur le siège, puis avec maintes contorsions périlleuses, et non sans renverser quelques gobelets, sur la table.

Parvenu là-haut, il se redressa en soufflant comme un bœuf, fronça le nez, les sourcils, essaya quelques mimiques burlesques avant de se décider pour un masque d'intransigeance et de dévotion sévère. De cet instant, il recouvra comme par miracle la maîtrise de ses gestes.

— Frères, dit-il, rabattant sur son front en guise de capuche une harde qui flottait dans son dos, vous avez tous reconnu, à sa chaire de l'Eglise des Augustins, notre Abraham a Sancta Clara qui sut se hisser — par la grâce divine — du respectable état de fils de tavernier à la position suspecte de conscience officielle de l'Empire — et cela, notez bien la gageure, sans rien changer à son langage ! Acceptez donc de faire avec moi un bond en avant dans le temps. Nous sommes à l'époque bénie où le fléau a cessé. La cour est revenue ; avec elle les notables de la ville, leurs femmes, leurs petits. La nef est pleine à craquer. *Deo gratias.* Je saute l'exorde et je mords au gras de la prédication.

Il baisse sa capuche, écarte les bras qu'il tenait croisés sur sa poitrine, écarquille des yeux de sibylle en transe :

— Eh bien, commence-t-il, eh bien même si tu dois mourir de la Peste — (et lâchant un dernier aparté avant de se laisser emporter par le flux irrésistible de son pastiche : « Souvenez-vous compagnons, murmure-t-il, que ceux auxquels il s'adresse n'en sont pas morts ») — est-ce vraiment si grand malheur, tant que Dieu te fait miséricorde ! Ah ! Laisse-le trépasser, ce corps ! Sur la terre ferme, dans le feu, l'air ou l'eau, ah ! qu'importe ! Laisse-le trépasser ce bousier, ce sac à fiente, ce tas de fumier, ce nid de vers, cette larve rampante, cette cloque de pus, ce caillot de sang ! Tu aurais regret vraiment de ce déchet, de cette charogne, de cette tumeur vivante, de cette porcherie ambulante, de cette bourse puante, de cette fosse à purin, de ce rendez-vous des pustules, de ce comptoir d'abcès, de cette défroque de cinq pieds de long ? Ah ! laisse-le trépasser ! Laisse-le pourrir ! Tu en aurais regret vraiment ? Un cloporte en demi-deuil n'est-ce pas assez pour l'escorter à la fosse commune ? Ah ! laisse-le crever cet hôpital à pattes, ce crottin mal roulé, cette poignée de terre, cette dérision des dérisions, laisse-le crever et pourrir ! Mais par le Sang de Notre-Seigneur Jésus-Christ, ah ! je t'en conjure, ah ! je t'implore, je lève au ciel mes bras suppliants et je te crie de toutes mes forces : ton âme, ton âme, ne la laisse pas succomber ! Ton âme, cette petite sœur des anges, préserve-la du péché mortel ! Car sa mort, sa mort seule est un désastre* !

Les sanglots de la femme de l'aubergiste, affaissée à demi contre le chambranle, l'interrompirent. Personne ne souriait.

Aussitôt, le même bruit de pavés broyés que tout à l'heure se fit entendre ; le même crissement aigre se rapprochait. La femme en larmes porta la main à son oreille avec une grimace

* Extrait du *Mercks Wien* d'Abraham a Sancta Clara.

de douleur. Et le nourrisson réveillé en sursaut se prit à vagir.

Tous restaient immobiles, les yeux rivés sur quelque nœud du bois de la table ou quelque entaille profonde qu'y avait laissée une rixe. Seul l'apprenti tourneur au visage de noyé, mû par une atroce fascination, se leva et s'avança vers la fenêtre avec la raideur mécanique de ces automates dont la cour commençait de s'enticher. Comme malgré lui, Johannes l'imita. Peu à peu, tous les autres firent de même et s'approchèrent.

Un long tombereau, qui paraissait plus chargé encore que le précédent, s'avançait en bringuebalant.

Comme chacun à part soi s'étonnait de ne pas voir s'écrouler sous les secousses le précaire édifice de ce chargement, déjà un corps se détachait des autres et restait un instant suspendu par un pan d'éfoffe à une saillie de planches avant de rebondir sur la chaussée. Le mort s'abattit sur le dos, jambes en équerre, un bras jeté en arrière, livrant à la vue le creux de son aisselle où s'étalaient, trouées d'abcès, des ecchymoses noires et rouges.

Un ramasseur lança le cri convenu pour stopper le convoi. On entendit le oooooh du cocher qui retenait ses haridelles. Cette nouvelle secousse entraîna la chute d'un autre corps — une glissée lente cette fois ; ce fut d'abord la tête qui chavira par-dessus bord, blanche enclave sur le bois sali du caisson, puis les cheveux s'échappant de la coiffe lâchèrent d'une seule coulée leur flot mordoré. Et dans une torsion d'une grâce qui noua les gorges, le corps entier serpenta avant de heurter le pavé.

Entre les lambeaux déchirés de la jupe, on entrevit un court instant l'éclair nacré de la cuisse, la mousse blonde du pubis.

Ceux qui se tenaient là crispaient les poings et les mâchoires.

Et Johannes, hagard, reconnut Lotte.

Chapitre Neuf

UNE RENCONTRE

Le mois d'août touchait à sa fin. Il n'avait pas plu depuis quarante jours. Marronniers et tilleuls perdaient leurs feuilles ; parfois un oiseau mort tombait en tournoyant au milieu d'elles. On entendait au soir dans la Vienne* asséchée l'éperdu coassement des grenouilles que dérangeait l'amok des chiens errants. Des charognes de porcs et de chèvres jonchaient le lit craquelé.

Dans la ville, les tourbillons de poussière que soulevaient de brûlantes rafales enfarinaient les corps étendus.

Johannes restait absent de longs jours sans que personne au palais ne sût où il était. Il surgissait à l'improviste pour s'enquérir auprès de Rési de la santé de sa mère et repartait, sitôt avalé le morceau de chapon ou de lapereau en gelée qu'elle lui tendait.

Un matin il entra dans la chambre qu'Eléonore n'avait pas quittée depuis le départ du

* Rivière qui bordait la ville au sud-est.

prince et lui demanda sans embages si elle accepterait de recevoir les soins d'un jeune médecin nurembergeois avec qui il s'était lié.

Elle refusa net, alléguant que personne ne pouvait rien pour elle.

Il n'insista pas.

Assis au bord de son lit, il lui raconta comment cet homme, recommandé au prince Schwarzenberg par un évêque de Bavière, avait organisé dans une grange désaffectée le premier lazaret extra-muros de la ville, quelles mesures surprenantes il y faisait appliquer, séparant avec intransigeance les mourants de ceux qui ne présentaient que les premiers symptômes du mal, adoucissant par l'absorption d'une drogue les derniers spasmes des uns, et calmant par sa seule présence la terreur des autres dont il prétendait qu'elle les tuait plus sûrement que le mal lui-même. Son énergie et son intrépidité donnaient du courage aux plus désemparés et le halo de mystère qui entourait sa vie exerçait un charme puissant. Ne disait-on pas que, depuis des années déjà, dans tous les lieux infectés que d'autres quittent, lui se plaisait à apparaître pour soutenir de ses yeux sombres les orbites béantes de la mort ?

— N'est-il pas, comme je l'ai entendu dire, interdit aux médecins de la peste de soigner les malades ordinaires ? demanda Eléonore.

— Vous avez raison, mais par les temps qui courent, sont-ils plus à craindre que les premiers ? Qui de nous peut prétendre qu'il n'est pas porteur de germe de mort ou déjà atteint ? Nous étions convenus qu'il viendrait sans masque et sans houppelande rouge, en simple visiteur — j'avais eu raison de sa résistance.

Elle rétorqua en secouant la tête :

— Vous m'avez mal comprise, Johannes. C'était la curiosité et non la peur qui me dictait cette question. Je n'ai jamais joué à colin-maillard avec la mort.

Il lui prit les mains et les serra sans un mot.

— Si vous le souhaitez vraiment, ajouta-t-elle encore au bout d'un moment, faites venir un jour votre... comment se fait-il appeler ?

— Adrian Zorn, dit Johannes en se levant.

Quelques jours plus tard elle vit entrer dans sa chambre un homme de haute stature dont l'assurance lui déplut.

— Je m'appelle Adrian Zorn, dit-il, et j'exerce au hasard de mes pérégrinations la profession de médecin.

— Je le sais, dit-elle sèchement, Johannes m'a prévenue de votre visite.

— Que puis-je pour vous ? répliqua-t-il sans se départir de son calme.

Elle le regardait interloquée, ayant cru discerner un zeste d'insolence dans ce qui n'était en fait que l'absence totale de cette obséquiosité à laquelle les Viennois l'avaient accoutumée.

Elle continuait de le considérer en silence.

Entre les cheveux noirs tombant aux épaules, ce visage maigre à l'ossature précise la troublait : il défiait les critères qui lui eussent permis de décider avec certitude s'il était laid ou beau. Elle opta pour la laideur à cause de l'humeur qu'il lui avait donnée en entrant.

— Si vous n'avez acquiescé à ma venue que sur l'insistance de votre fils et que ma présence vous est importune, croyez que je suis prêt à me retirer sans en éprouver d'offense.

Le ton de ces paroles et l'aménité fière et tranquille du regard qui les accompagnait firent honte à Eléonore de sa prévention.

— Restez, s'empressa-t-elle de dire. Ma réclusion m'a rendue peu sociable.

Il la fixa un instant sans répondre. Elle soutint son regard avec une sérénité forcée, se retenant même de sourire, de peur qu'il la jugeât fantasque.

— De quoi souffrez-vous ? demanda-t-il.

Elle connut le malaise qu'il y a à s'entendre répondre sans savoir au juste ce qu'on va dire :

— Je ne crois pas souffrir. J'entends seulement jour et nuit un bruit de cataractes : c'est, je crois, ma vie qui s'en va.

A peine s'étonnait-elle de la justesse des mots qui lui étaient montés aux lèvres qu'elle l'entendait dire :

— Pouvez-vous marcher ?

La question l'ébahit.

— Je crois que oui, répondit-elle en balbutiant.

— Si ce n'est pas forcer votre courage, levez-vous et faites-vous vêtir. Je vous attendrai devant la porte du palais.

Elle crut avoir mal compris, se dressa à demi sur ses coudes. L'effarement le plus total se peignait sur son visage.

Il comprit qu'elle viendrait, s'inclina et quitta la chambre.

Le sang s'était mis à bruire aux oreilles d'Eléonore — un zzz lointain et soyeux qui la berçait sans l'étourdir. Plus une pensée ne traversait l'écran de ce murmure.

Elle se leva, appela Rési.

— Habille-moi.

Elle dut réitérer son ordre car Rési ne le comprit pas tout d'abord.

— Je sors, habille-moi !

— Votre Excellence ignore peut-être l'état des rues de Vienne !

Elle lui fit signe de n'en pas dire davantage et de se hâter.

— Dois-je faire atteler ? demanda-t-elle encore.

Elle agita la tête pour signifier que non.

De ce moment, Rési comprit que quelque chose ici allait son cours qu'il n'était au pouvoir de personne de faire dévier. Dans cette ville chambardée par la mort, il n'y avait plus rien qui l'étonnât. Elle alla chercher dans les armoires la tenue de ville la plus légère qu'elle put trouver, opta pour une robe de moire vert pâle dont les reflets évoquant la fraîcheur de l'eau lui semblaient pouvoir conjurer la fournaise. Elle prit aussi la cape de même étoffe doublée d'une impalpable étamine de soie. Puis elle revint vêtir sa maîtresse, enfila corset, caraco, manches et encolure, laça cordons, aiguillettes et ganses avec cette précision rêveuse et imperturbable que mettent certains vieux organistes à tirer les registres de leur instrument.

Les yeux tournés vers la fenêtre, Eléonore se laissait faire, sans un geste, sans un tressaillement.

Dès qu'elle fut prête, elle s'avança droit vers la porte. Rési saisit encore en hâte dans un vase proche une branche d'amaryllis qu'elle lui recommanda de tenir contre son visage et de respirer comme on le voyait faire dans les rues à plus d'un passant.

Eléonore enfila ses gants, saisit la tige de la fleur et descendit en hâte le grand escalier.

— Dieu ait Votre Excellence en sa garde ! cria encore Rési en se penchant sur les balustres marbrés de la rampe.

Mais elle n'entendait plus.

Quand elle fut sur le perron, la chaleur un instant la suffoqua. Elle chercha des yeux son mentor, ne le reconnut pas tout de suite dans cette silhouette trapue adossée à la grille. Elle l'avait cru plus grand ; son visage aussi, dès qu'elle approcha, lui parut moins anguleux qu'elle n'en avait gardé le souvenir. Comme il advient souvent dans les premières rencontres, l'œil de la mémoire — tels ces microscopes dont on n'accommode qu'après maints tâtonnements les lentilles — avait brouillé les traits, superposé des détails étrangers. Les gens qu'elle avait rencontrés jusqu'alors, tous membres de la même caste qu'elle, lui avaient été familiers dès le premier regard. Une identité de comportement, d'attitudes, la même façon qu'ils avaient de concevoir le monde leur donnaient une évidente parenté sous les physionomies les plus diverses. Quant aux subordonnés, elle n'avait jamais pu les distinguer les uns des autres. Et l'effort qu'elle faisait maintenant pour s'amalgamer les traits de cet étranger, tout en gravant leur marque au plus profond de sa mémoire, ne se relâchait plus. Car chaque nouveau regard qu'elle coulait vers lui tout en marchant le lui donnait différent de son attente.

Elle s'efforça d'abord de régler son pas au sien ; mais les bossellements du pavé sous ses fines semelles rendaient sa démarche incertaine. Il vit qu'elle titubait et lui offrit son bras. Elle le prit. Pouvait-il ignorer, sachant sa naissance, qu'elle n'avait de sa vie marché par la ville ? Elle eut la tentation de le lui rappeler pour s'excuser en somme de l'embarras qu'elle lui causait — mais se ravisa aussitôt. Et ce fut la dernière fois que s'imposa à elle la pensée de l'incommensurable distance qui séparait sa position de celle de ce ravaudeur de chairs. De ce moment, aussi invraisemblable que cela pût paraître, plus rien ne l'en fit souvenir.

Elle avançait maintenant avec une assurance grandissante, ne sentant plus son corps qu'au plaisir que lui donnait sa reconquête, la docilité neuve des articulations, la régularité grisante du mouvement alterné des jambes. Elle ne remarquait rien à l'entour ; la brume irréelle d'un état de demi-transe l'enveloppait. La nouveauté de ces sensations liées à cette présence étrangère à son côté l'habitait tout entière. Il s'étonnait aussi de la sentir plus légère à son bras et retrouvait peu à peu, après le ralentissement qu'il s'était imposé pour elle, le rythme coutumier de ses pas.

Ils s'engagèrent sur la place Saint-Etienne après avoir longé le Graben. Tout près d'eux, une troupe d'enfants aux gencives gangrenées par la faim fouillait en silence un tas d'immondices. Dans une de ces caisses à claire-voie qui servent au transport des fruits, un petit corps roulé en boule, le visage caché sous l'écorce d'une demi-pastèque, bourdonnait de mouches. Un défoncement du pavé moussant d'une substance infecte les contraignit à longer un pan de mur contre lequel, à demi affaissé, geignait un vieil homme. Comme ils passaient à sa hauteur, il se redressa en criant :

— Miséricorde, mon bon seigneur ! Votre

dague dans mon ventre ! Abrégez ma souffrance !

Et, leur barrant le passage de sa béquille, il en heurta du bout la cheville d'Eléonore.

Elle poussa un cri effroyable et se jeta en arrière, secouée tout entière d'un tremblement qui entrechoquait ses dents. Elle venait de voir tout près d'elle ce visage écarlate de fièvre, la sanie rouge qui moussait à la lèvre. Et la répulsion la pétrifiait.

Adrian Zorn comprit alors à sa stupéfaction qu'elle avait jusque-là marché en aveugle et qu'il avait pris pour une inquiétante maîtrise de soi l'état second où l'avait plongée, après sa longue réclusion, cette marche dans la chaleur torride.

Il l'entraîna sous un porche voisin, la fit asseoir sur une bouteroue de pierre puis, mesurant quelques gouttes d'un élixir qu'il avait tiré de sa sacoche, les lui donna à boire. Son tremblement se calma. Il s'attendait à ce qu'elle lui demandât des comptes de l'abjecte tournée qu'il lui faisait faire. Mais elle leva sur lui un regard où dans les derniers vibrions de la panique se lisait une confiance qui le confondit.

— Donnez-vous à la peur, lui dit-il tout bas. Laissez-la vous envelopper, vous pénétrer. Ne cherchez pas à lui résister. Elle se lassera toute seule.

Elle ferma les yeux, resta un long moment à laisser baller sa tête d'une épaule à l'autre, offrant son visage de nuit aux paupières closes.

Enfin elle émergea de nouveau, rajusta sa cape et se leva.

— Continuons, dit-elle en s'emparant résolument du bras qu'il lui offrait.

Un âcre parfum montait de deux vastes chaudrons de cuivre placés devant le parvis de la cathédrale. Pour purifier l'air à l'entour, un sacristain bossu y faisait brûler un mélange de branches et de baies.

De même que la brusque envolée d'une nichée de cailles fait sursauter le promeneur qui flânait dans l'herbe haute, cette odeur-là, sans crier gare, levait aux mémoires toute une nichée de réminiscences anciennes. De tous temps, à l'approche de la Saint-Sylvestre, les vieilles avaient fait fumer dans l'âtre ce mélange de genièvre, de baies sauvages et de prunelles pour éloigner les mauvais esprits. Chacun avait maintes fois au cours de sa vie reniflé ces âcres effluves, mais rien ne ramène plus irrésistiblement que les odeurs au lieu où on les huma pour la première fois — et pour tous, ce lieu était l'enfance. On voyait des passants qui, un instant plus tôt, pressaient le pas, la main sur la bouche, les yeux rivés au sol, lever soudain la tête et chanceler ; et de la masse indistincte et grise des gueux couchés contre le mur de l'église montait un remous. Tous semblaient brusquement se souvenir qu'il y avait eu sur terre, aussi insensé que cela pût paraître à certains, une vie avant la mort.

Adrian Zorn proposa à Eléonore d'entrer se reposer un instant dans la cathédrale. Elle refusa.

— Je veux marcher encore, dit-elle.

Une étrange exaltation l'habitait. La soudaine conscience lui était venue qu'elle eût pu jusqu'à la fin de ses jours ne jamais sortir de sa chambre. Et la féroce envie de voir et de vivre qui s'était emparée d'elle depuis qu'elle avait surmonté son épouvante, en était embrasée. De chaotiques visions la bousculaient. Elle croyait parfois reconnaître sous les traits d'un passant une personne de sa connaissance qui la fixait avec indignation ; ou alors une angoisse la prenait au bruit lointain d'un galop : n'étaient-ce pas des trabans chargés de la ramener de force au palais ? Par moments, au contraire, une force neuve allumait en elle les brandons du défi. La petite fille qui mangea le cœur de sa mère dans un conte qu'on lui lisait enfant la croisait en lui souriant avec tendresse, une perle de sang au coin des lèvres, et elle tournait avidement la tête pour suivre des yeux sa démarche sautillante. Quant à l'inconnu dont elle tenait le bras serré contre elle, il lui apparaissait, non le sauveur des mythes serviles, mais ce double dont toute âme peut provoquer à volonté la venue ou la disparition dès l'instant où, rompant les amarres de l'ignoble prudence, elle ose s'élancer.

A peine eurent-ils tourné dans la Blutgasse qu'ils virent un tombereau arrêté à hauteur d'une maison proche. Par la porte entrouverte s'échappaient des cris doublés d'un fracas de chaises et de meubles renversés.

Eléonore voulut rebrousser chemin.

— Restez, lui dit-il tout bas. Ces choses ont lieu sur la terre où nous vivons. Nous n'avons pas le choix. Nous sommes de cette terre, il faut tout prendre.

Comme il parlait, le battant de la porte d'entrée alla gifler le mur et tout un nœud de corps soudés par une empoignade féroce roula sur le pavé. La chute les disloqua et avant que la furieuse mêlée ne se renouât, on aperçut un homme au torse nu qui serrait contre lui avec toute la fureur du désespoir un corps de femme inanimé que trois corbeaux tentaient de lui arracher.

Une petite vieille vêtue de noir dont Adrian et Eléonore n'avaient pas remarqué la présence à leur côté, marmonna :

— Si c'est pas pitié, Marie Joseph ! Si c'est pas pitié sainte Mère des anges ! Depuis six jours qu'ils étaient mariés ! Vous l'auriez vue le jour de ses noces, un lys... un lys... Si les voisins n'avaient pas alerté la voirie, il coucherait encore dans ses bras !

La meute secouée de convulsions rageuses s'acharnait à nouveau avec des « han » furieux, des râles et des grognements. Et, entre les mâchoires férocement serrées, les pieds et les poings qui faisaient grêler des coups, les torses luisant de sueur où sous les camisoles déchirées saillaient les tendons, fusait parfois la blanche nudité de la morte.

Bientôt l'homme resta au sol, assommé, le visage en sang. Un des gaillards, massant avec une grimace son poignet démis, le repoussa du pied vers le mur. Les deux autres, brutes robustes qu'on devinait rompues à toutes les rixes, se penchèrent ensemble vers la femme. Leurs gestes brusquement se radoucirent, ils la soulevèrent avec des précautions de chambrières, et celui qui l'avait saisie sous les aisselles exécuta un curieux pas de danse pour ne pas piétiner ses cheveux ouverts. Ils la hissèrent doucement sur le tombereau et, ôtant à un mort voisin un pan de harde, en couvrirent son ventre.

Puis le oooooh du cocher fit sursauter les deux rosses qui, aussi indifférentes aux convulsions des hommes que cette engeance de brutes l'était aux leurs, avaient profité de la halte pour somnoler. Poussant leur poitrail en avant, elles ébranlèrent le charroi.

Le dos au mur, Eléonore et Adrian Zorn les regardèrent disparaître au coin de la rue. La petite vieille vêtue de noir s'en allait, tête branlante. L'homme gisait toujours dans la poussière. On eût dit un loup blond encroûté de sang.

Eléonore murmura comme à part soi :

— C'est aussi loin que l'amour peut aller.

— Non, dit tout bas Adrian Zorn, j'ai vu l'autre nuit en quittant le lazaret une femme déterrer son enfant et l'emporter dans ses bras. Toute limite peut encore être franchie.

— Qu'avez-vous fait ? demanda-t-elle, secouée d'un frisson.

Il la cingla du regard :

— Que vouliez-vous que je fisse ? Je ne suis pas sergent. Je suis resté dans l'ombre à la contempler.

Puis se détournant, il s'approcha du blessé, s'agenouilla près de lui.

Il s'agitait déjà faiblement et ne tarda pas, quand Adrian eut introduit dans la commissure de ses lèvres quelques gouttes d'un élixir, à ouvrir des yeux hagards. Le médecin nettoya d'un bout de charpie le sang dont le visage était couvert, dégagea la plaie qui barrait l'arcade sourcilière et l'enduisit d'un onguent avant de la bander. Le jeune homme continuait de le fixer de ses yeux hallucinés. D'une maison voisine, une femme, enhardie à son tour, lui apporta à boire dans une jatte.

Adrian jeta sur un tas d'immondices proche les gants, la cuillère et la charpie dont il s'était servi et, sans un mot, se remit en marche.

Eléonore, qui allait en silence à son côté, lui dit au bout d'un moment :

— Savez-vous bien qu'en ranimant cet homme, vous l'avez reconduit en enfer ?

— L'enfer aussi, dit-il, est un lieu viable. Ne vous y ai-je pas amenée pour vous y voir renaître ? Entendez-vous encore vos cataractes ?

— Non, dit-elle, elles se sont tues.

Ils continuèrent à marcher côte à côte au hasard des ruelles, sans un mot, occupés en pensée l'un de l'autre. Les bouleversements auxquels Eléonore était en proie n'avaient pas échappé à Adrian Zorn. Il se plut un instant à imaginer les conceptions du monde que la fournaise de la ville avait dissoutes comme un agglomérat de cristaux placé au fond d'une cornue. Il se représentait la conscience qu'elle avait eue jusqu'alors de son identité comme un noyau infracassable autour duquel, sans jamais le frôler, la vie dessinait une orbe impeccable. N'importait-il pas avant tout, dans la logique de cette cosmogonie hautaine, de mourir sans avoir contracté avec l'existence l'ignoble mésalliance à laquelle le vulgaire condescend pour sa perte ? Mais dans ces figures qu'il se distrayait à tracer, où fallait-il placer le fol élan qui l'avait fait répondre à son invite ? Il cessa ce jeu dont la vanité le lassait. Depuis longtemps déjà l'illusion qu'il y a de croire à la nécessaire cohérence d'une conscience humaine, de postuler une substance immobile sous le flux incessant des sensations qui l'assiègent, lui était apparue dans son ironique absurdité. Vouloir établir, selon les principes inductifs et déductifs de la rigoureuse logique, les lois qui régissent les actions humaines équivalait à se demander de combien de rochers fracassés, effrités et pulvérisés s'était constitué le lit des fleuves. Une secousse, une simple chiquenaude même ne suffisait-elle pas à faire basculer au néant le plus sévère échafaudage ? Et combien de ferrailles rouillaient au fond de nos mémoires qui avaient été la fière armature de nos croyances ?

En s'acharnant à ensevelir sous des monceaux de gravats le réseau secret et encore inexploré des pulsions, des instincts et des passions, en réprimant férocement chacune de leurs percées, la fureur légiférante des clercs, alliée à la vindicte inquisitoriale, transformait peu à peu irrémédiablement la machine d'Etat en une machine de guerre contre les hommes. Ces ruptures sauvages dont l'existence humaine est secouée n'eussent-elles pas mérité qu'on leur portât la même attention passionnée, étrangère à toute préoccupation morale, que celle qu'ont les navigateurs pour le rythme des grandes marées ?

Tout en suivant vaguement les capricieux méandres de ses pensées, il admirait les tressaillements, les altérations multiples qu'offrait le visage d'Eléonore. Avec une pointe d'ironie envers lui-même, il se souvenait d'avoir, un instant plus tôt, succombé à la tentation qui nous fait considérer autrui comme un territoire bien distinct, arpentable cordeau et piquets en main. Il n'y avait pourtant qu'un lieu d'où l'autre pût être appréhendé — et ce lieu, il le savait, est en nous-mêmes.

Eléonore avançait dans l'entrelacs des ruelles avec d'imperceptibles frémissements de louve qui se faufile entre taillis et ronces. Ses sens enchevêtraient leurs messages, lui livrant la soudaine totalité des choses. Elle entendait l'immobile vibration de la chaleur, l'aigre fifre d'une odeur médicinale qui montait au milieu du sourd bourdon de basse de la pestilence. Elle voyait la fêlure d'un carillon lointain à la vitre tremblante d'un bouge ; et la poussière grise qui sablait une main de femme dépassant sous un tas de paille se déposait sur sa langue.

Bientôt une épaisse fumée les suffoqua. Une servante faisait brûler devant sa porte quelques paillasses éventrées d'où voletaient des brindilles enflammées. Une autre, qui s'était approchée sans bruit, jeta au brasier pièce par pièce un tas de linges souillés, des caracos, des jupons, un bonnet d'enfant. Les flammes les ourlaient d'un liseré rouge avant de les dévorer. L'odeur des effluves corporelles et des sueurs qui les avaient imprégnés flottèrent un instant dans l'air.

Adrian et Eléonore rebroussèrent chemin, les yeux rougis par la fumée. Il lui avait saisi la main quand, heurtant du pied un chat mort, elle avait manqué tomber. Vingt pas plus loin elle sentait encore la pression des doigts sous la résille de ses gants.

Ils passèrent devant une église qu'elle ne connaissait pas. Elle demanda cette fois à entrer. Ses pieds commençaient à la faire souffrir.

La fraîcheur qui les accueillit au parvis leur

donna la sensation de se mouvoir dans un élément inconnu qui délestait les corps. Eléonore s'agenouilla sur la dalle. Le souffle froid qu'exhalait le marbre traversait ses jupes, montant le long de ses cuisses, pénétrait son corps. Une grande douceur l'envahissait. Comme elle baissait les yeux, elle discerna tout près des plis de sa robe une inscription à demi effacée par les pas. Elle lut en complétant les lettres qui manquaient : *Via omnis carnis.* Une tête de mort était gravée au burin au-dessus des mots ; elle se pencha pour en caresser du doigt le contour satiné par l'usure. Quand elle leva les yeux, elle vit Adrian, debout contre un pilastre proche, qui la regardait.

Elle se redressa lentement, avança vers lui avec la sensation de fendre une eau légère.

Tout près montait le lancinant marmottement de neuvaines que récitait un petit troupeau de vieilles autour d'un autel de la Vierge. L'une d'elles tourna vers eux la tête et, tout en continuant de mastiquer vigoureusement de ses gencives édentées son Ave Maria comme elle l'eût fait d'une couenne de lard, les enveloppa tous deux d'un regard chargé de haine. Eléonore s'était arrêtée à deux pas d'Adrian, les yeux dans ses yeux. Le regard de la vieille était si intense qu'il brouilla celui qu'ils échangeaient. Ensemble au même instant ils tournèrent la tête vers elle. Elle broyait les grains du rosaire de ses doigts crochus sans lâcher des yeux sa double proie. Ce regard, en les maudissant ensemble, sacrait leur alliance. Ils l'esquivèrent, avancèrent vers le transept et s'engagèrent dans le bas-côté. Les marmousets grotesques qui décoraient les miséricordes des stalles leur rappelèrent le visage tordu de la vieille et les firent rire. D'une vaste coupelle posée devant l'autel montait la vapeur douceâtre de racines pulvérisées mêlées à l'encens pour chasser les miasmes de l'infection. On hésitait, en la humant, entre l'extase et la nausée.

Ils longèrent l'abside et visitèrent l'une après l'autre les minuscules chapelles disposées autour de l'hémicycle. Parvenue dans la dernière, Eléonore s'adossa aux spirales sculptées d'un confessionnal et, tendant brusquement les mains, agrippa les cheveux d'Adrian. Retenant leurs râles, et leurs cris, ils se donnèrent l'amour sous un christ de bois peint, aux yeux révulsés.

A dater de ce jour, ils se retrouvèrent chaque nuit du côté de la Löwelbastei où Adrian avait pris gîte et couvert. Une servante lui louait une chambre dans la demeure désertée par ses maîtres et empochait les espèces sonnantes, bien décidée à en conserver seule la jouissance si elle devait survivre au retour des propriétaires. Les rencontres nocturnes de ces deux inconnus exaltaient cette femme au visage vif et chiffonné au point de lui faire oublier la terreur qu'elle avait de la peste. Il lui arriva même de s'endormir une nuit devant la porte où elle épiait leurs gémissements, n'ayant pu se décider à s'éloigner quand le sommeil avait commencé de la gagner. Tous les vacillements de sa vie lui revenaient, toutes ses défaillances — les frôlements de poils à son cou, les chancelants enlacements entre lard et jattes de saindoux dans la fraîcheur d'un garde-manger, les culbutes hâtives dans la pénombre des remises. Elle retrouvait intacts les minuscules larcins dont elle avait constitué bon an mal an son trésor de pie voleuse — semblable en cela à tout ce peuple de larbins, de garçons de ferme, de servantes et de vachères que leur dénuement vouait dans les villes et les campagnes au célibat forcé.

Toujours est-il que ces menues aumônes qu'aucune satiété n'avait plombées, lui livraient en matière de volupté les fulgurances essentielles dont l'épais abrutissement des noces et des maternités l'eussent peut-être dépossédée. La présence de l'amour dans sa maison donnait à cette femme fruste et vieillissante de poignants ravissements.

Amants, c'est dire mulets des dieux, transportant inlassablement d'un lieu à l'autre du temps et de l'espace ces crépitations du désir, ces balbutiements qui n'appartiennent à personne, ces convulsions dont nul ne vient à bout, Adrian et Eléonore s'égaraient aux sentiers escarpés du délire.

Ils avançaient, sans un regard en arrière, pèlerins de l'impossible assouvissement, portant à même la peau le cilice des suffocations, la haire râpeuse de la faim qu'ils avaient l'un de l'autre.

Chaque nuit, autour d'eux, dans la maison, la sécheresse faisait craquer les colombages et les hourdis, gémir les poutres.

Ils connurent le sel de leurs sueurs.

Il y eut enfin une aube où l'orage éclata. La première averse secoua furieusement la ville comme l'eût fait une giclée d'eau dans un chaudron chauffé à blanc. Tout en fut ébranlé. Chancelants d'insomnie, ils sortirent errer dans les rues, s'offrir au ruissellement de l'eau.

Son passé tombait d'elle comme un crépi qui, en s'écaillant, rend la pierre à sa nudité.

— Ne me parle pas de ce qui a été, lui avait-il dit en lui mettant la main sur la bouche. Ne me parle ni de ton père, ni de ta mère, ni de ton enfance. Les vibrations qui nous portent sont nos pères, nos mères et nos enfances. Ne me parle ni de ton mari, ni de ton fils. Epouse le vertige, engendre des chimères. Laisse ta fausse identité aux mains des scribes.

Quand une convulsion lui brouillait la vue, d'autres yeux s'ouvraient en elle. Ils naissaient chaque fois de la petite mort qu'ils se donnaient l'un à l'autre.

— Parle-moi des dix doigts de tes pieds, de ton talon lisse comme un galet. Parle-moi du tendon d'Achille qui s'étire quand tu te jettes à mon cou. Parle-moi des frissons qui balaient ton dos, de tes cuisses qui durcissent quand ton pubis avance vers moi son relief et sa fourrure. Donne-moi l'urine d'or qui goutte au calice de tes reins. Donne-moi les liqueurs de ton corps, la salive, la sueur, les larmes, l'humeur noire de ta rate, la lymphe, la morve, la synovie filante, la bile, l'élixir gluant de l'amour, le sang — tout ce qui suinte, exsude, humecte, inonde et que la mort épongera.

Elle lui mordait les doigts en l'écoutant.

Une nuit qu'il dormait, elle se dégagea de son étreinte, alluma une chandelle pour le voir. Il bougea doucement le bras mais ne s'éveilla pas. Elle s'hypnotisait sur sa beauté laide, la dure saillie de son menton, les poils drus au creux de son oreille, le tendre espace bleuté de ses paupières et de ses tempes, l'éclair froid de ses dents entre ses lèvres entrouvertes, épiait le sifflement à peine audible de sa respiration. Elle suivit du doigt un instant l'ondoyant tracé rouge qu'avaient laissé ses ongles à son épaule. Un brusque gargouillis la fit sursauter. Il vivait ; dans son corps s'opérait la cruelle merveille de la digestion qui transmue les plantes en chair humaine, déchiquette les cadavres des bêtes et transforme en force vive tout ce qu'elle ne change pas en boue brunâtre. Eléonore, que la pulsion des organes avait emplie sa vie durant de répulsion, s'émerveillait de cette féroce machinerie qui tient le corps en émoi et dont le sommeil même ne suspend pas l'activité.

Le sang cognait à ses tempes.

— Je suis ta chienne, murmura-t-elle en le frôlant des lèvres.

Ces mots articulés sans qu'elle les eût dictés la laissèrent un instant abasourdie. Le visage glacé d'empois de sa mère apparut à une lucarne de sa mémoire. « Au-dessus de nous, ma fille, il n'est que l'Empereur. » Une joie furieuse l'envahit, culbuta la vision, la piétina comme foulent le sable les mille chevaux de l'écume. Un extraordinaire sentiment de puissance la soulevait. C'étaient les premiers mots qui venaient d'elle, que personne ne lui avait dictés. L'abaissement lui donnait l'orgueil, l'humilité, la fierté sauvage. Au jeu du tarot, le fou est dieu. N'avaient accès à la tendresse que les loups, à l'amour que ceux qui paient le prix de la haine, à la grandeur que ceux qui tombent à genoux. En finir, oui en finir avec le rêve absurde et peureux de l'harmonie ! Dire OUI à l'assaut des contraires, à la charge de l'océan sur les falaises, aux falaises bandant leur roc contre les lames, au fracas de l'ivresse sur la soif, de l'homme sur la femme, de la femelle sur le mâle, de la faim sur la ripaille, du chaud sur le froid, du doux sur l'amer, de la rage sur la tendresse, de la liberté sur le carcan, du feu sur la glace !

Elle eut un gémissement âpre qui le réveilla.

De jour, Eléonore rentrait le plus souvent au palais, bousculant les laquais sans les voir. A peine avait-elle franchi le seuil de sa chambre qu'elle tombait vêtue sur son lit et s'y endormait. Ses rêves en plein jour portaient la traîne de son délire nocturne. De grands cortèges bourdonnant de musique les traversaient. Un grincement de porte, un lointain gémissement d'essieu, une volée de cloches suffisaient à donner le *la* à de somptueux orchestres. Cornets et trombones exultaient, mandores et violes pleuraient en sourdine. De brusques désordres brouillaient les accords. C'était tantôt une traînante sarabande composée par l'Empereur et distraitement écoutée autrefois à la cour qui volait en éclats sous les ruades d'une gigue, tantôt une *Missa* de Matthias Oettl qu'éraillaient à petits coups de canif les pizzicati d'un violon tsigane — ou encore un oratorio d'Antonio Draghi submergé peu à peu par les halètements d'amour d'une troupe de nymphes et de satyres qui surgissait de derrière un catafalque croulant sous les fleurs.

Les visions essaimées dans ces grands tourbillons mêlaient à de lents ravissements des irruptions grotesques ou féroces.

Elle revit un de ces carrousels dont la cour était si friande. Mais c'étaient cette fois les mannequins de paille à tête de Turc ou de Maure qui fonçaient en quadrilles, au triple galop, lances au poing, contre ducs et princes alignés au bout de l'esplanade, les embrochant au milieu des clameurs. Une autre fois, un tombereau s'avançait dans un bruit de crécelles, tiré par ces petits ânes gris qu'au dimanche des Rameaux, les enfants ont permission de chevaucher pour un kreuzer. S'y entassaient, dans le plus obscène désordre, des évêques mitrés et tiarés dont tressautaient à chaque secousse les mains baguées d'améthyste, les croix pectorales et les crosses à volutes d'or.

Une foule de sensations neuves qui n'excluaient ni la barbarie ni la béatitude se pressaient aux portes de ses rêves. Les innombrables geôliers qu'elle hébergeait autrefois avaient déserté leur poste ou succombé au fléau. Il arrivait qu'elle trouvât derrière un pan de mur un cadavre grimaçant dans sa livrée bleu or.

Mais le plus souvent, c'étaient d'interminables dérives qui la berçaient. Elle descendait en lents tournoiements jusqu'aux fonds sableux de l'inconscience, abandonnant à la houle du sommeil la conque vide de son corps.

Par une après-midi de la fin septembre, elle vit en rêve un étrange attelage. Un squelette élancé et narquois sous un reste de peau translucide le menait, les talons calés sur un cercueil. Il tenait à la main une bannière armoriée. Coquettement inclinée sur la tempe, une couronne d'épines ornait son crâne. Quatre coursiers étaient attelés de front à sa carriole : les naseaux du premier soufflaient du feu et son échine semblait en flammes. Le second, d'une blancheur immaculée et tous crins hérissés, grelottait de froid. Le troisième ruisselait d'eau dans sa robe d'un noir bleuté. Les os perçaient le cuir sec et gris de la carcasse du dernier. Elle reconnut les quatre excès qui entraînent la mort.

Elle ne fut pas surprise quand, parvenu à sa hauteur, le squelette la désigna du doigt. Elle tourna seulement la tête pour s'assurer qu'il n'y avait personne derrière elle que le doigt pût désigner à sa place. Il y avait bien une femme. C'était elle aussi.

L'attelage passa.

Elle sombra dans un sommeil d'encre.

Quand elle s'éveilla au carillon de l'angélus, la fièvre la brûlait.

C'était l'heure où elle le retrouvait.

Elle voulut se lever mais une torpeur invincible l'en empêcha.

Elle appela Rési, ranima d'un sourire sa voix

qui défaillait. Elle lui indiqua où trouver Adrian dans la ville, l'enjoignant de le ramener au plus vite.

D'un seul regard, la vieille femme mesura le désastre — mais ce qui la bouleversa plus encore fut le juvénile et presque malicieux embarras que coûtait à sa maîtresse l'indirect aveu de sa passion.

Son corps entier s'affaissa. Elle quitta la chambre en titubant.

L'effort qu'avait fait Eléonore pour parler, la joie d'y être parvenue malgré l'engourdissement de sa langue, et la certitude où elle était maintenant qu'il viendrait, la berçaient d'une sérénité grave.

Une fille de chambre chargée par Rési de lui donner à boire entra sur la pointe des pieds.

Eléonore entrevit, au-dessus du mouchoir vinaigré que la petite pressait sur sa bouche, des yeux clairs agrandis par la terreur que causait sans doute à sa fraîche jeunesse cette chambre infestée. Elle voulut aussitôt la congédier et porter seule à ses lèvres le gobelet qu'elle lui tendait ; mais ses mains la trahirent et le liquide se répandit. Elle vit au regard de la petite un soudain élan de pitié. Il lui parut très singulier qu'on pût la plaindre. Mais la promptitude que la servante mit à changer son drap, la grâce vigoureuse de ses gestes, la touchèrent. Un instant, l'effleura la pensée des ravissements qui pâmeraient ce corps, un autre, d'autres encore, prolongeant à l'infini sur la terre qu'elle quittait, les délices poignantes qu'elle y avait connues.

Une toux rauque accueillit Adrian à la porte. Arrachant à deux mains le masque à bec que la loi le contraignait de porter, il s'abattit près d'elle.

— C'est là aussi loin, lui dit-elle dans un souffle, que tu peux m'accompagner.

Et le doigt sur la bouche elle lui fit signe de se taire.

Elle dériva toute la nuit dans la brume d'opium dont il enfuma la chambre pour alléger ses souffrances.

Elle mourut à l'aube.

La fièvre et la drogue lui laissèrent jusqu'à la fin cet éclat du regard, cet embrasement des pommettes que donnent aux corps comblés les désordres de l'amour.

Epilogue

UNE INAUGURATION

Il est des tableaux de bataille où la paresseuse désinvolture du peintre substitue par endroits au minutieux recensement des cavaliers et des fantassins, des mourants et des morts, l'opaque fumée crachée par les mortiers. Tout en reprochant à son frère peintre cette malice qui le dispensait d'un tiers au moins de sa tâche, Casanova pour sa part ne s'interdisait pas tout à fait cette fumée du narrateur qui tient en une phrase : les mois passèrent.

Les mois passèrent.

De halte en halte, de relais en relais, le prince, la cour, toute la foule chamarrée de ceux qui prenaient le large, avançaient en semant la mort. Car, dissimulée dans un pli de soutane, dans une toque de cuisinier, dans le pan de perruque d'un précepteur, dans le rebondissant corsage d'une nourrice, la Peste était bien du voyage. De Klosterneuburg à Brno, de Brno à Jilhava, de Jilhava à Pardubice, elle flamba dans leur dos.

A Prague, on s'était pourtant hâté dès la première alerte de clouer hermétiquement de planches tout le ghetto ; mais rien n'y fit. Les morts impossibles à inhumer dérivaient au fil de la Moldau. On délibéra surtout pour savoir s'il fallait interdire ou non en ce temps de Carême le poisson qui avait peut-être trouvé de son goût la chair non baptisée. La viande de bœuf et de cochon parut à l'archevêque un moindre mal.

Il fallut fuir encore. L'Empereur et son escorte gagnèrent Budejovice, l'Impératrice douairière et sa suite Koeniggraetz — d'autres Marienbad — d'autres encore Ratisbonne.

Puis, par un beau matin, sa récolte engrangée, la Peste quitta Vienne aussi discrètement qu'elle y était entrée. Nombreux furent ceux qui attribuèrent son départ à l'intervention directe de la Sainte-Trinité. Seuls les défunts*, si tant est qu'on eût pu connaître leur avis, l'eussent jugée peut-être un peu tardive.

On vit, dès la fin du printemps, les fuyards — les plus intrépides d'entre eux du moins — franchir de nouveau en sens inverse les portes de la cité. Avançant la tête hors des carrosses, ils constataient avec satisfaction que les pierres avaient tenu bon. Vienne retrouvait ses maîtres.

* De quinze à cent mille selon les diverses évaluations.

Par une journée ensoleillée du 17 juin 1680, un spectacle éblouissant s'offrit aux Viennois sur le Graben, éclipsant de l'avis de certains — il eût été malaisé d'apporter la preuve du contraire — les fastes du règne de Ptolémée Philadelphe. Une arcade de plus de cent arceaux déroulait de part et d'autre de la place un frissonnement d'acanthes d'or. Chacun des piliers qui soutenaient les somptueuses guirlandes était orné de deux écussons émaillés de vermeil où se trouvaient représentés, en alternance avec les visions du prophète Daniel et les divers symboles de la Toute-Puissance divine, les exploits les plus remarquables de la Maison d'Autriche.

A la plus grande gloire de la Sainte-Trinité s'élevait au cœur de la piazza une colonne — « provisorium » de bois sculpté — que devait remplacer bientôt celle de marbre blanc que Léopold avait solennellement, contre la délivrance de Vienne, promise à Dieu. Elle s'élançait au-dessus des têtes de neuf archanges qui brandissaient comme des hallebardes les hampes d'or des bannières brodées. A leurs pieds miroitait le pur cristal d'une chapelle dont l'irréelle transparence permettait de suivre de tous les points à l'entour le déroulement de la messe.

De vastes estrades rutilantes de draperies avaient été dressées face à la sainte colonne. En l'absence de l'Empereur, de la famille impériale et de nombreux membres des Conseils qui s'attardaient encore à Linz, la charge d'incarner le pouvoir incombait à de hauts personnages. Les Diètes de l'Empire, la Conférence secrète, le Conseil aulique, le Conseil de guerre, les Conseils de ville, les chapitres étaient dignement représentés. Pour défendre leurs antiques prérogatives, les Maisons les plus illustres avaient fait dresser, à l'entour, des oratoires bardés d'armoiries. On reconnaissait celui des Lichtenburg à ses couleurs et à sa chimère égratignant d'une patte griffue le flanc dextre de l'écu. Le prince s'y tenait agenouillé. Un seul signe eût permis à un observateur attentif de déceler que la mort de sa femme l'avait affecté : il avait changé de confesseur, pris un grave jésuite aux lieu et place du jovial augustin qu'il avait jusqu'alors. D'oratoires voisins, quelques puissantes génitrices de fillettes mariables, raides dans leurs superbes atours, commençaient déjà de loucher vers l'antique lignée de ce veuf.

Ils se tenaient là, tous, unis dans la glorification du Très-Haut, fidèles et immuables, corps transparents que la mort individuelle ne met pas en péril, hydre aux têtes qui renaissent quand le couperet de la mort les fait rouler, aujourd'hui perruquées, demain gominées ou casquées ; aujourd'hui fous de grandeur et de faste, demain gardiens féroces de la plus médiocre uniformité, toujours divers, toujours semblables.

Et tout autour, confinée dans les rues attenantes par la vigilance des sentinelles, la foule de ceux qui se lèvent à l'aube et vont au travail, de ceux qui vendent leur cœur battant et leurs forces vives contre une paye, de ceux qui mangent à heures fixes et veillent à la régularité de leur digestion, de ceux qui craignent que demain se distingue d'aujourd'hui, de ceux qui entendent un coq chanter quand un coq chante, un essieu grincer quand un essieu grince, qui voient une chemise sécher sur un étendage quand une chemise sèche sur un étendage, et un pendu osciller à un gibet quand un pendu oscille à un gibet, ceux qui ont les yeux en face des trous, ceux qui ne s'offrent de viol et de rapine qu'en temps de guerre, ceux qui appellent leur lâcheté « bon sens » et « Dieu » la peur qu'ils ont au ventre. Ils tressaillaient à l'exaltant appel des trompettes et des cymbales et répondaient à l'unisson jusqu'au fin fond du Tuchlauben, du Stock im Eisen et de la place Saint-Etienne aux *oremus* de l'officiant.

En présence du nonce apostolique et assisté des prélats de cour, c'était le hautain Francisco Bonvisio, archevêque de Thessalonique, qui célébrait la messe, glorifiant ce Dieu dont des insignes rehaussés d'or rappelaient à tous qu'il était ce roi des combats et des armées exalté par le psaume 24 de David.

On défila sans relâche jusqu'au soir ; et comme le crépuscule tombait, on vit les arcades se crêter de flambeaux, les verres précieux des lanternes multicolores étinceler aux fenêtres et des bataillons de porteurs de torches envahir la place. Une clarté surnaturelle chassa la nuit.

Abandonnant son cheval à son page, Johannes s'était enfoncé seul dans les rues presque désertes, l'âme rouée de faste et d'imposture, la main crispée sur le pommeau de sa dague. Il n'avait pas marché cinq minutes qu'il fut distrait de ses pensées sombres par la curieuse démarche mi-traînante mi-sautillante d'un homme qui débouchait d'une venelle. A peine se fût-il rapproché de quelques pas qu'à son grand plaisir il reconnut le défroqué.

— Hé, lui lança-t-il, il ne semble pas que la mort ait envie de se casser les dents à ta carcasse ! Tu parais bien vivant.

L'autre, le fixant à son tour, éclata de rire.

— Ha ! Ha ! Sa jeune Altesse qui continue de traîner où l'on ne rencontre guère habituellement le beau monde !

— La fatalité a voulu que ce soient les seuls lieux où je me plaise, soupira Johannes.

Le rouquin lui frappa l'épaule de sa large main velue puis, extrayant de sa besace une superbe tabatière d'or, lui offrit une prise. Il s'amusa de sa surprise et de l'attention aiguë que le jeune homme portait à la gravure ciselée à l'intérieur du couvercle, y distinguant peu à peu à la clarté de la pleine lune une nymphe au corps couvert de poils soyeux qui offrait son aimable croupe à un centaure.

— Je me suis servi tout seul, ricana-t-il tandis que Johannes se fourrait en reniflant une prise dans le nez — et comme tu vois j'ai bon goût !

— Diantre, c'est qu'elle vaut plus cher dans tes mains que dans celles de l'ancien propriétaire. Si lui l'a payée cinquante florins, à toi elle te coûtera d'être roué vif si on la trouve entre tes pattes.

— Hé ! hé ! mais c'est qu'il commence à penser, le petit baronnet... Pour sûr que tout gagne en valeur à se frotter à mon cuir ! Et pas seulement les tabatières, tu peux m'en croire !

Ils continuèrent de marcher côte à côte, railleurs, contents l'un de l'autre.

Un carrosse qui s'engouffrait dans la ruelle à fond de train, tous rideaux tirés, les contraignit à se jeter le dos contre le mur. Les quatre pages de l'escorte lancée au grand galop les frôlèrent de leurs capes bruissantes, enflées de vent. La fulgurance argentée des éperons et des rapières parapha leur tumultueux passage.

En maugréant, Johannes écarta d'une main ses cheveux que la brusque rafale lui avait soufflés au visage. Son regard s'était assombri.

— Tu les as vus, marmonna-t-il, tu les as vu aujourd'hui au Graben ? Tous là. Tous revenus. Nous avons fait ensemble un rêve, toi, moi, quelques autres, quelques fous. La Peste de l'an 1679, la Peste de Vienne n'a pas eu lieu.

— Ah ! laisse ça ! grogna le rouquin. Laisse ça ! Laisse les malingres et les pense-petit se saouler du vin aigre des lamentations ! A nous d'autres ivresses.

Il fit craquer ses phalanges dans son poing, exécuta un burlesque pas de danse puis sauta d'un seul bond sur le parapet qui bordait la rue.

— Ah ! Ah ! clama-t-il, te voilà donc ressucitée de ta pâmoison, Vindobona, cité immortelle, roulure de prélat et d'archiduc qui s'ondoie les parties à l'eau bénite, accepte, ô accepte l'hommage que je te rends !

Et extrayant à deux mains de son haut-de-chausses son mol appendice, il le balança doucement comme un goupillon, inondant le pavé d'un clapotis d'urine.

— Bénite sois-tu, Vienne éternelle, bénite ! Tu iras plus loin dans l'infamie, je le prédis, toujours plus loin ! Tu n'as pas donné ta mesure.

Il rajusta ses hardes et rejoignit en sautillant Johannes dont le visage était de nouveau grave.

— Ne fais pas cette tête, lui dit-il en lui donnant une bourrade. Il est tant de trous, tant de fentes, tant de lézardes où la vie s'est réfugiée, où ne pénètrent ni leurs doigts bagués, ni leurs dagues ! L'avenir appartient aux punaises et aux cloportes — ou à ceux qui, comme moi, sont nés d'un croisement entre les deux. L'obscur, l'humide, voilà où il fait encore bon se tenir. Fentes et caves, trous et souterrains, boyaux, lézardes, voilà où s'est nichée la vie. Voilà d'où elle essaimera aujourd'hui et demain.

— Ah ! tais-toi, cria Johannes, je veux ma part de lumière !

Minuit sonnait à Saint-Ulrich.

Ils s'assirent côte à côte au bout du parapet. Une brise leur promenait dans la nuque comme le souffle d'un mufle frais. Un parfum de seringa en fleur perçait parfois la forte exhalaison d'un cloaque voisin. Les deux émanations, la douce et la rude, se colletaient dans la nuit, se prenaient, se repoussaient. Ils reniflaient en silence le pervers désordre de leur mêlée.

— Chut ! fit soudain le rouquin, un doigt sur la bouche, écoute.

Johannes prêta l'oreille. Tout lui semblait silencieux à l'entour.

— Qu'y a-t-il ? demanda-t-il tout bas.

L'autre, un curieux sourire aux lèvres, murmurait :

— Tu n'entends pas que la nuit bouge ?

Table

DU MÊME AUTEUR
aux Editions Albin Michel

*

LES CAHIERS
D'UNE HYPOCRITE
roman

*

VIE ET MORT
DU BEAU FROU
roman

*

CHRONIQUE TENDRE
DES JOURS AMERS
roman

La réimpression de cet ouvrage
par procédé photomécanique
a été réalisée sur les presses
des Imprimeries Aubin
à Poitiers/Ligugé

AM

Achevé d'imprimer en février 1979
N° d'édition 6462. N° d'impression L 11250
Dépôt légal 1er trimestre 1979

Imprimé en France